老大

第一季

〔日〕林宏司 木俣冬 著

丁丁虫 译

人民文学出版社

著作权合同登记号　图字 01-2017-2341

「BOSS 1ˢᵗ シーズン」

Original Japanese title：BOSS；1ˢᵀ Season
Copyright © 2011 Kouji Hayashi/Fuyu Kimata，Fusosha Publishing，Inc.
Copyright © 2011 Fuji Television Network Inc.
Original Japanese edition published by Fusosha Publishing，Inc.
This Simplified Chinese edition published by arranged with Fusosha Publishing，Inc.
through The English Agency（Japan）Ltd.

图书在版编目(CIP)数据

老大　第一季/(日)林宏司,(日)木俣冬著；
丁丁虫译.—北京：人民文学出版社,2016
ISBN 978-7-02-012237-0

Ⅰ.①老… Ⅱ.①林… ②木… ③丁…
Ⅲ.①长篇小说-日本-现代 Ⅳ.①I313.45

中国版本图书馆 CIP 数据核字(2016)第 307780 号

责任编辑：卜艳冰　陶媛媛
封面设计：钱　珺
封面插画：Linger

出版发行　人民文学出版社
社　　址　北京市朝内大街 166 号
邮政编码　100705
网　　址　http://www.rw-cn.com

印　　制　山东临沂新华印刷物流集团
经　　销　全国新华书店等

字　　数　106 千字
开　　本　787 毫米×1092 毫米　1/32
印　　张　10.875
版　　次　2017 年 6 月北京第 1 版
印　　次　2017 年 6 月第 1 次印刷

书　　号　978-7-02-012237-0
定　　价　42.00 元

如有印装质量问题,请与本社图书销售中心调换。电话:01065233595

本书根据电视剧《老大 第一季》

改编为小说作品

对原创内容有若干改动

敬请知悉

主要登场人物

警视厅搜查一课　特别犯罪对策室
室长：大泽绘里子
队员：木元真实
　　　花形一平
　　　岩井善治
　　　山村启辅
　　　片桐琢磨

警视厅刑事部
刑事部长：丹波博久
参事官：屋田键三
参事官辅佐：野立信次郎

科学搜查研究所
奈良桥玲子

警视厅搜查一课十三系
系长：小野田忠
队员：川野昭夫
　　　森政夫

案件 01

"快八点了。"

被男人的声音叫醒时,大泽绘里子正睡在特大号的床上。

而且睡相十分不堪,脑袋和床头完全倒位。

"哇——"

绘里子大叫一声,男人却没什么反应,只是说了一声"咖啡,黑的",似乎已经对这一切习以为常了。

"……这是哪儿?我是谁?"

"这是我家。你是大泽绘里子,四十岁,剩女中的剩女。"

意识逐渐清晰起来。眼前这个穿白衬衫的是野立信次郎,绘里子的同事。

耀眼的阳光照进野立信次郎这座位于湾区的高级高层公寓里。

"今天开始上班,是吧?拜托了。"

野立鼓励般递出咖啡。绘里子喝了一口,很香。

"昨天……"绘里子不安地问。

"烧酒三瓶,日本酒一升……想起来了吧?我就说一句,都四十岁了,别再吐了。"

被这么训了一句,绘里子看了看宽敞的卧室。只见设计不凡的桌子上放着一台笔记本电脑,那上面还留着被呕吐之后尝试拆开修理的痕迹。

"……对不起，五年没回日本了，一不小心就……"

绘里子昨天从纽约回到日本。因为从第二天开始，就要在故乡日本上班了，所以在野立的公寓里故友重逢，在那之后的情况……

野立从衣橱里取出领带，开始麻利地收拾行装。

早晨，卧室里的一对男女……绘里子不安地掀开被褥的一角看了看里面，却被自己的模样吓到，慌忙又把被子裹上。

"这……这是……"

"我脱的。"

"哎？！"

"别担心。全看到了，看到了可怕的东西。"

"哎哎？！"

"不用介意，我也不介意。其实更想忘记。"

"什么意思？你……"

"骗你的。是你自己脱了衣服，又抢了我的床。承蒙关照，我只好睡那边。"

野立指了指沙发。

"和以前一点儿都没变，你这喝醉的德行。"

"抱歉。"

绘里子真心觉得抱歉。

"好了……你的失误,我帮你处理了。"

野立的表情略微严肃了一点。

"剩下的就是,无论如何都要成功,在那个部门里。"

绘里子紧紧抓住被子,点了点头。

"你已经没有退路了。"

"我明白……"

"命悬一线。"

"嗯……"

"死到临头。"

"是啊……"

"半截入土……"

"够了。"无地自容的绘里子打断了野立的话。

"而且……你干得好,我也能出头。"

果然还是以自我为中心的家伙。

"不容易啊,上面如此,下面也如此。"

"……我肯定会干出一番名堂,嗯……"

绘里子回国是为了一项重任。

"绘里子……快点穿衣服。上面如此,下面也如此,这样子可不行啊……"

野立皱着眉说。绘里子重新打量房间,只见从床边到门口,衣服扔得到处都是。上衣、裙子、衬衫、丝袜，还有内衣……这些衣服把野立房间原本的干练与谐之美破坏得一干二净。全是绘里子眼熟的东西。

绘里子慌忙抱起被子从床上跳下来，去捡散落在四处的衣服。但是，不知道是因为头晕还是被什么绊着了，摔下去的时候手上的被子散了。在这个第一天上班的重要日子，真可谓丑态百出！

野立丢下手忙脚乱的绘里子，先去上班了。

上班地点是警视厅。

警视厅刑事部记者会正在警视厅会议室召开。

进入会议室晚了一点儿，记者会已经开始了。

会议室里挤满了记者和摄影师。丹波博久刑事部长和屋田健三参事官坐在前面。

"因此，鉴于近年来破案率下降和犯罪手法的多样化，警视厅为了应对这些变化，决定在搜查一课设立特别犯罪对策室。"

屋田如此一宣布，记者们立刻纷纷发问："这个团队主要做什么，刑事部长？"但是丹波一副苦脸，频频看表。

正是该野立出场的时候。

"简单来说就是搜查一课的辅助团队，通过在发达国家广泛采用的心理分析、信息分析、科学搜查等专业化的搜查手段应对各种恶性犯罪。跨越行政部门，集结警视厅的精锐力量。来晚了，对不起，我是参事官辅佐野立。"

野立英姿飒爽地站在记者们面前。

照相机的闪光灯一齐对着野立猛闪。

"对策室的室长，也就是负责人，是谁？"

对于另一个记者的问题，野立充满自信地回答：

"她是留美五年、掌握了最先进搜查技术的……大泽绘里子警部。"

正是今天早上在野立的公寓里丑态百出的绘里子。

"什么最先进的技术……听说是去学英文的。"

招待会结束之后，回到刑事部长室的丹波重重坐到椅子上，颇为不屑地说。旁边的屋田察言观色地说：

"那是自然。捅了篓子被降了职，在日本混不下去的前警察……这种事情打死也说不出口啊。"

"可是野立为什么让她来当头儿？"

丹波不喜欢身为参事官辅佐却很引人注目的野立，刚才的招待会也是，用迟到引起不必要的注意。

"野立和她好像是同一期的，大概是为了帮一把不争气的同事吧。不过，反正是搜查一课第一位女室长，媒体反响还不错。

而且新部门的失败也会作为野立参事官辅佐的失败……"

听了屋田的意见，丹波的焦躁情绪有所平息。

而且，紧急成立的对策室集中了其他部门都弃用的人，屋田将之揶揄为"精锐"。

"就看这个只学了点儿英文的前警察能走到哪一步了。"

丹波和屋田相视而笑。

绘里子并不知道警视厅里的这些勾当，此时她身上散发出从纽约归来的时尚气息，早上的丑态一扫而空，意气风发地来到警视厅。只要好好收拾打扮，高挑的绘里子确实气度不凡。

高高扔起一粒喜欢的玛氏巧克力豆，漂亮地落进嘴里。

"棒！"前途一片光明，绘里子想。

绘里子所属的"搜查一课特别犯罪对策室"位于警视厅的别馆，从本馆六楼的刑事部楼层穿过连接通道抵达对策室，多少需要一些时间。别馆是六层楼建筑，对策室在最高层。

在门前看了看门牌，绘里子禁不住感慨万千。

"这里……就是我的新战场……"

她朝气蓬勃地推开门。

"大家早……上好……"

里面空空荡荡。绘里子颇为受挫。

桌子下方冒出一个鬈发的年轻男子的脑袋，飞速站起身来，朝绘里子说："啊，早上好！"

那是一张十分年轻的脸，看上去简直还不到二十岁，神色显得十分紧张。

"你在干什么？偷东西？少年课在那边。"

"啊，我不是嫌疑犯！我是花形一平，今天调来这里上班！"

绘里子从包里取出文件夹，查看各成员的履历书。

"啊，看到了……由葛饰交通大队调到搜查一课……"

"对！能来到仰慕已久的搜查一课，我感到十分荣幸！我会多加努力！花形，干劲十足！"

花形双手握拳在眼前高高举起，显示自己的干劲。绘里子完全不能理解这种幼稚的举止。

"唔……其他人呢？"

门被轻轻推开，一个身穿三件套西服的男人走了进来。

"早上好……"

"啊，早上好。你是……"

这个男人长得很帅，个头很高，体形瘦削，仿佛很厉害的样子。绘里子又去翻文件。是从交通执勤部调到搜查一课的……熬出头了。

"……片桐。"

"你喜欢一大早就绷着脸吗？"

片桐琢磨一边把自己的文具之类的物品摆到桌上,一边故意躲避绘里子的视线,沉着地回答说:"并不是……"显然是有意和绘里子拉开距离。

"拿出点精神来,你可是精英部队的一员。"

"精英?你说他?"

片桐抬起下巴指了指对面,花形正在把用硬纸板制作的靶子排成一排。

"啪!"一边喊,一边用手比成的枪摆出射击的姿势。

"是有点儿怪啊……"绘里子也不得不表示质疑。

就在这时,一位顶着一头乱蓬蓬长发的年轻姑娘慢吞吞地走了进来。她眼皮都没抬,朝绘里子点点头,坐到椅子上,随即拿出一个枕头,摘下眼镜开始睡觉。

绘里子又慌忙翻文件。

"唔……从科学搜查研究所调来的木元真实巡查?科学搜查研究所!"

"早上起不来,所以被科学搜查研究所赶出来了。"

片桐解释了一句。

"早上起不来?小学生吗!"

绘里子正目瞪口呆的时候,一个秃头的矮个男子偷偷摸摸地进来了。

"啊,大家早上好。"

他手上不知为何拿着一朵蒲公英,嘿嘿傻笑着坐到座位上。这个看起来像是因为花痴行为被抓的中年猥琐男竟然也是刑警,是从生活安全部调来的山村启辅巡查部长。

"绰号'挖坑的山先生'。"片桐又补充了信息。

"挖坑的山先生?诱供高手!"

绘里子正在心中暗叹人不可貌相,门又开了,一个络腮胡子的彪形大汉闯了进来,身上穿得很花哨。

"大叔,你忘了这个。"

大汉把手上拿的皮包粗暴地扔在山村面前,一口关西腔。

"啊,对不起,对不起,谢谢,谢谢。"

山村的皮包都开线了。

"不会吧……"

"据说是警视厅第一等笨蛋。"

"原来是这个意思啊……"片桐的解释顿时让绘里子泄了气。①

络腮胡子的大汉像是根本没把绘里子放在眼里,直接走到花形旁边。

"我说,你也不打声招呼?"绘里子颇为不快地问。

---

① 片桐原来说的是"丢三落四的山先生",而日语中"丢三落四"这个词又有坦白交代的意思,所以绘里子误解成了"诱供高手"。

"啊？我是岩井。有礼了。"

绘里子满腔不快，可是岩井的视线依旧朝向花形那边，就像是故意藐视一样……也许是有独特的脾气？绘里子查阅文档，只见上面写着："岩井善治巡查部长，自犯罪组织对策四课调来。"

"对人动手，被赶走的。"片桐又补充了信息。

这些好像就是全部人手了。

"最……精锐的部队哟。"片桐自嘲般地说。

看到这一张张脸，绘里子在心中哀叹。

"这叫我怎么干！"

绘里子立刻把野立喊到楼顶。

"抱歉……我本来是想从各个部门抽调精锐，可都被拒绝了，只好让他们随便送些人过来。结果还真的送来了这些家伙。没事的，你能行。只有你能行。"

"你真是站着说话不腰疼！"

野立一脸严肃地看着大为恼火的绘里子。

"绘里子……你知道我们认识多少年了？"

漆黑的眼眸直直盯着绘里子。对着这样的眼眸，大部分女性都会为之失神吧。

"……多少年？"

野立的话让绘里子差点摔一跤。这家伙从来都是这样。

"十八年!"

"我这么了解你,我说不用担心,就不用担心。不管干成什么样……我都会帮你收拾残局。"

这真是出乎意料的话。绘里子不禁产生了几分感激。

"虽说也只是把你的骨灰撒到河里。"

撤回感激!绘里子气得浑身发抖。

"没问题的。你这个部门只是按照警视厅的要求建起的,装装门面而已。谁都没什么期待。"

"话不是这么说!"

"唔,弃子?陪练狗?"

野立说了一大堆之后,突然转成严肃的语气。

"不过……还是要说一句。就算是陪练狗,也是反咬一口的陪练狗,受了欺负就还击,哎?狠狠反咬。"

"我真是脑子进水才会相信你……"

被耍了。绘里子郁闷地正要离开,野立在背后对她说:"链子放开了,上吧,狼!"

绘里子离开的时候,下班时间到了。只要没任务,刑警就可以按时下班。

片桐迅速起身收拾。木元也跟在后面。

绘里子堵在了门口。

"有案子了。"

绘里子凛然的声音让涣散的对策室顿时紧张起来。

四月十六日上午十点零三分，荒川区绿二丁目的河岸边发现了一具不明身份的被烧死的尸体。

目前，当地管辖警署正在调查现场，但还没有找到直接的死因，正从自杀和他杀两种可能性，以现场为中心进行搜查。

绘里子立刻率领部下前往现场。

特别犯罪对策室第一次出动。

铁塔耸立的宽阔河岸现场，已经拦起了"禁止入内"的带子，机动搜查队和鉴定员正在工作。

绘里子蹲下去查看尸体的痕迹，在机动搜查队打听到了消息的片桐手上拿着笔记本走过来了。

"据说上半身全烧焦了。"

"只有上半身？"

"嗯……还有一条胳膊骨折。"

"好像不是单纯的烧死。"

"另外……在那座铁塔上发现了与被害者一致的鞋印。"

"铁塔上？跳下来的吗……然后再遭毒手？"

绘里子向旁边在向机动搜查队打听消息的花形喊：

"花形！把周围看热闹的人都拍下来。带摄像机了吧？"

花形从包里取出摄像机，干劲十足地拍摄起来。

"摄像机……犯人会返回现场？你以为这是拍电视呢！"

片桐对绘里子的指示不以为然。

"有什么关系？另外，让岩井和山村去调查今年以来第六区这里是否发生过类似的烧死事件。"

正说着，绘里子抬头一看，木元正蹲在地上拨弄泥土。

"喂！不是让你找鉴定员打听消息吗？"

木元静静地抬了抬眼镜。

"唾沫……喷出来了……"木元的语气淡淡的，并没有生气的样子。

"因为生气，所以喷唾沫！"绘里子大声怒喝，与木元形成鲜明对比。

"……反正我又不是刑警。从科学搜查研究所调来这里，到现在我还不服气呢。"

从这句话里也感觉不到任何抗议的意味，飘着一股豁达的感觉。

"我说……警察就是时常调动的，这就是组织啊！好歹要对得起自己的薪水吧。"绘里子摆出上司的模样教训木元。

"我……对人没兴趣。"木元丢下这一句,直接离开了。

木元真实这孩子是怎么回事……

就在这时,传来一声怒吼:"你在干什么!"抬头一看,只见搜查一课的刑警森政夫正在训斥花形。花形一心拍摄录像,踩进了标有证据印记的地方。

"混蛋!从哪儿冒出来的!"

搜查一课的另一名刑警森政夫的前辈也跟着发起火来。

"对、对不起!"花形被两个人吓得瑟瑟发抖,赶紧从印记处跳出来。

"对不起!我是特别犯罪对策室的大泽。"

绘里子赶过去解释。

"外人不要随便进来!这里由我们部门负责。"

搜查一课十三系系长小野田忠一脸不屑,他是川野和森政夫的上司。川野和森政夫也挺直了背,与花形和木元相比,自然有一股更像警察的派头。

"我们也有搜查权。"

绘里子不高兴地反驳说。可是花形这时候又闯进了别的证据印记处,又被川野骂了。他太毛躁了,连周围的情况都看不准确了。

"……那也叫搜查?"

小野田看绘里子的眼神就像看白痴。没办法，绘里子决定带着花形他们暂且离场。

"我说……搜查一课都是百里挑一的男人，不是女人卖弄风骚的地方，趁早滚开！"小野田对着绘里子的背影狠狠地骂道，"门外汉……"

听着令人屈辱的话，绘里子的脸色毫无变化。她挺直后背，保持不卑不亢的态度。花形慌忙追在后面。片桐也想走，却被川野和森政夫叫住了。

"片桐，你换了个好地方嘛。"

被之前共事的川野这么一说，片桐有些尴尬，决定无视。

"哎，挺适合片桐的。"

森政夫说着，和川野相视而笑。小野田在旁边看着，什么也没说。片桐朝小野田行了个礼，去追绘里子了。

搜查结果发现被害者名叫前田悟，经营着一家名为"东京总财"的地下钱庄。十天三分息的暴利，生意貌似做得很大。

岩井和山村组成搭档负责调查顾客。不过，虽然山村在搜查资料室里埋头认真翻阅顾客资料，岩井却根本不想干，他更乐意举哑铃练肌肉。

"凭什么听那个门外汉的命令……大叔！查那么认真做啥！

去喝茶吧，喝茶！"

绘里子和花形组成搭档负责去科学搜查研究所打听尸检结果。

科学搜查研究所的奈良桥玲子身穿白衣，短发，很漂亮。花形把她喜欢的泡芙递过去。

"哎呀，礼物？太费心了。你是新人？"

"啊，是的。我叫花形。花形，干劲十足！"

花形激动地握起拳头，结果装泡芙的盒子掉在了地上……玲子微笑着问花形："你几岁了？"

"二十三岁！"

"哦，真有趣……"

绘里子插进玲子和花形中间，大声问：

"医生！死因真是烧死吗？"

"你是他妈妈？"

这句话让绘里子很生气。

"不是！她是我老大！"

玲子对花形的解释毫不理睬，开始说起尸检的结果。

"上半身的烧伤不是直接死因，真正的死因是心肌梗塞。由于死后立刻从铁塔坠落，所以碳化的内脏被摔得粉碎，就像这样。"

玲子把泡芙撕开两半，把里面展示给两个人看。

"另外,在胸部皮肤上粘有少量化学合成物质黑索今。① 详细情况正在调查。"

黑索今,也就是爆炸。这是玲子的判断。

几天后,片桐正走在警视厅的走廊上,野立喊住了他。

"喂,新部门怎么样?"

"没什么。我……"

"在找这个吧?"

野立从怀里掏出一个信封,上面写着"辞职信"几个字。那是片桐写的。

"现在这么不景气的时候,不当公务员还想干什么?我们这里可是很有桃花运的。我先替你保管吧。回见了,下次喊你去联谊。"

片桐没有理会野立的玩笑,面无表情地说:

"我……已经无法信任组织了,我不想在组织里工作了。"

"所以啊……所以,我把你放到了她的手下。"

野立丢下意味深长的微笑,走了。

这时候,绘里子被丹波喊去了刑警部长室。

---

① 一种军用高能炸药。

"听说你去了现场？我知道你新官上任，急于表现，不过别太勉强了。"

"……您的意思是？"

"说穿了，特别犯罪对策室就是个给外人看的门面，你……只要学学怎么应付媒体就行了。我们这里还没那么困难，不至于需要没有实践经验的人跑来瞎指挥。"

"要是被我抓到了罪犯，那就不好办了，是吗？对于您这位野立参事官辅佐的竞争对手来说。"

"……你什么意思？"丹波变了脸色。

"刑警部长其实是很认真的人啊……非常神经质，又对自己没有信心，不过又害怕被周围看穿，所以故意装作咄咄逼人……您家恐怕是三兄弟，您是老大吧……"

戴着细框眼镜的丹波皱起眉头。绘里子恶作剧般地嘻嘻一笑。

"哎呀，难不成猜对了？"

"你这是罪犯侧写①那一套把戏？"

绘里子没有回答丹波的问题，只是微笑着走出了房间。

在通向对策室的走廊上，她遇到了片桐。片桐刚听完野立那

---

① 一种常用调查手段，在分析犯罪及其手法的基础上识别罪犯。

句充满谜团的话，脸上一副若有所思的表情。

"有什么烦恼也别放在脸上。当刑警的，怎么能让人一眼看穿呢？要学会演戏。"

绘里子向片桐丢下这一句，径直往前走去。片桐望着绘里子的背影，她那副飒爽的面具下是不是也隐藏了什么呢？

回到对策室，桌子上放着焦黑的手机。

"被害者前田录下了他死前的最后一通电话，就是这个。"

手机旁边放着笔记本电脑，花形按下电脑上的播放键。

"不行，快做……"是经过处理的声音。

"饶了我吧……饶了我……求求你……"

带着哭腔的声音，随后就是爆炸声。

绘里子、片桐、花形全都吸了一口气。一个人在后面玩电脑游戏的木元也竖起耳朵听这段声音。

"据说前田有严重的恐高症。"片桐说。

也就是说，很可能是这个声音的主人强行把他弄到铁塔上去的。根据片桐的调查，无法确定这是不是罪犯使用的手机。不过，这部手机的信号是从距离犯罪现场三百米的中继天线发射的，也就是说，是从现场附近打出的。片桐不愧是从搜查一课转来的刑警。

接着是岩井的搜查报告。

上个月十日下午两点三十五分，荒川区大掘三丁目高架下也发现了一具被烧焦的尸体。尸体是无业男性，流浪汉，人称老重。同样是仅有上半身烧焦。在火烧的痕迹旁边有一只酒精度接近90度的伏特加酒瓶，这瓶酒倒在烂醉的死者身上，烧了起来。

"只是意外事故啊，这样子。那么……我们反正只是一课的宣传窗口吧？不用这么费劲调查吧？难不成你们还想在年终考核中拿个好分数？"

对于毫无干劲的岩井，绘里子严厉斥责：

"这就是你们两天里调查的结果？我去过现场，从被害人使用的毯子上采取了他的毛发，请科学搜查研究所做了调查。从他的基因里发现其乙醛脱氢酶为DD型……也就是完全不能喝酒的体质……"

"他也是……被人强迫做了害怕的事？！"片桐说。

"没错，相当怪异的罪犯。"

然后，绘里子对木元说：

"就算对人类没有兴趣，也能从物证上查出不少东西的。而且在现场也发现了黑索今化合物……恐怕是同一罪犯的连环杀人案。凶器是炸弹。"

绘里子的推理让大家侧目。

"但怎么用炸弹？被害人手上拿着？"

片桐抛出疑问。

"不知道……片桐，你能从炸药相关技术人员方面入手去查查看吗？"

"能制造炸药，也就是说，罪犯可能是大学的研究者？"

"罪犯不一定是高学历，第一线技术人员的可能性更高。未能得到社会的合理评价，本人对此十分不满。"

"哦？是罪犯侧写？"

绘里子的准确分析让岩井很有兴趣。

"岩井和山村去重新调查那起流浪汉案件，还有地下钱庄。只要找到两个案件的共同点，就能确定罪犯的身份了。"

绘里子再度播放录音。

"求求你……野……"在爆炸声就要响起的时候，前田似乎正要说出什么词。

"是对方的名字吗……"花形意识到。

野村、野本、野泽……他举出好几个"野"开头的名字。

"这类人为了炫耀自己的技术，会将上一次的炸弹加以改良，再用于下一次犯罪。这样的话，罪行就会逐步升级……很快就会采取第三次行动……"

绘里子断言。她命令大家深入调查。

片桐去光协化学股份有限公司询问。

他向社员调查黑索今的成分以及炸药的组成,得知只要用甲醛和硝酸加以合成,就可以制造出黑索今,虽然该公司并没有生产,那些原料很容易弄到。

片桐要来了公司技术人员的名单。

社员在接待室后面的书架上寻找的时候,片桐忽然注意到墙上挂的照片,那是一名五十多岁的中年女性和外国人握手的照片。

这位女性是光协化学的女社长野口叶子,从外资关联公司调来这里做社长。她精明强干,主导了该公司与业界巨头光辉药品的合并。社员告诉片桐,合并仪式将在本周四举行。

木元把自己关在警视厅对策室的小房间里,开始分析从手机上拷贝下来的罪犯声纹。她把乱糟糟的头发紧紧束在脑后,一副很有干劲的样子。桌上放着频率分析设备,她一边看数值,一边反复聆听声音。

岩井和山村在商业街上调查地下钱庄情况。岩井拿到了交易名单,山村说:"这里头不会有我的名字吧?"

"大叔……这可不行啊,刑警怎么能和这种地方扯上关系?"

"话虽这么说……可我有很多难处啊。"

"好吧,我帮你保密,你负责把这些都查了。我去看看杜嘉班纳①的促销。"

岩井把名单丢给山村,自己走了。

花形在对策室的房间里盯着好几台电脑的显示器,眼睛下面有了眼袋。昨晚他一宿没睡。他在对比从河岸管理事务所借来的监控录像和他自己拍摄的围观人员录像,看看有没有相同的人出现。

因为绘里子对他说过:"爆炸犯只要不是出于恐怖袭击的目的,必然会出现在现场,因为要确认炸弹是不是按照计划爆炸了。"

绘里子确信,一开始,案件就是由炸弹引发的。如果是灯油或者汽油,必定会淌到脚下,不可能只有上半身烧焦。而且现场也没有挣扎的痕迹,说明是刹那间死掉的。如果是烧死,就不可能是那样。

站起身正要走出对策室的绘里子注意到桌子上贴着一张粉红色的大便利贴,那是木元的罪犯声音分析结果,上面写着:"犯人为男性,身高一米六八至一米七一,年龄在四十五至五十五岁之间。"

声带是声音的指纹……就算做过声音处理,也可以分析,只

---

① 意大利服装品牌,以两位设计师的姓氏结合,成为品牌名称。

要有十到二十个单词,就能够以相当的准确度确定个体体征。木元看起来一副散漫的样子,水平倒是相当专业。

像是强调自己的自信一样,便利贴上最后写着:"我干的活对得起自己的薪水。"绘里子知道这是年轻部下对自己的顶撞。不过,你还早着呢!绘里子冷笑起来。

刚从警视厅出来,绘里子就被野立喊住了。他找她去附近的露天咖啡馆。

"你有什么快说,我要出去办事。"

"从科学搜查研究所调来的姑娘……是叫木元真实吧?真可爱。帮我约她出来,这是命令。"

绘里子哑然无语。同时,野立的眼神又在追逐着从眼前经过的漂亮姑娘。

"……喂……为了全国人民,你快消失吧。"

就在这时,旁边响起了哀号声。

咖啡馆附近的互爱银行里跑出来许多哭叫的客人,追在他们后面的是三十岁左右、身穿西服的男人,手上挥着菜刀。

"我做了,饶了我!你在哪儿啊?我做了啊,喂!"

他嘴里喊着不明所以的话,把装满钞票的箱子扔了出去。

"啊!危险!保护我!"

野立顿时躲到绘里子身后。

"我说！这是该你出场的时候吧！"

"高层人士的一条命抵你们普通人一千条！"

"你太无耻了！"

"警察！"野立把绘里子推到男人面前。

男人站住了。

"把刀扔掉！"绘里子只得对他断喝。

"这个女人很厉害！"野立在背后叫喊。

绘里子和男人对峙。

"你是警察？！救命！救救我！"

男人像是昏了头。

"住手！"

"没有时间了！"

男人扔下刀，把西服扯开，只见里面的马甲上裹着一圈奇怪的电子元件。

是炸弹。

绘里子立刻扫视四周。给这个男人绑上炸弹的罪犯应该就在附近。她在四散奔逃的人群中发现了一个奇怪的身影——

"救救我！救……"

男人正要脱掉马甲的时候，响起了可怕的爆炸声。他的身体刹那间被火焰吞噬，绘里子和野立都被冲击波撞了出去。

摔倒在地的绘里子爬起身去看男人所在的方向，只见他的身体已经被烧焦。

刚才看到的奇怪人影也不见了。

被害者小岛文彦，三十六岁，互爱银行丸之内支行的员工。被害者的西服下面穿有带计时器的马甲炸弹。从爆炸前的目击信息来看，有人在电话里向他下达指示。

根据玲子的调查，如果将身上穿的马甲强行脱掉，氯化钾混合液就会因摩擦而导致爆炸。也就是说，是一旦穿上就无法脱下的死亡马甲。前两件案子中，据说也发现了与这次的马甲同样的纤维。目前还不知道拆除炸弹的方法。

"罪犯是技术水平相当高的人。"玲子说。

逼受害人去抢自己上班的银行，这是受害人最不愿意做的事情，从这一点来看，和铁塔杀人案的做法是一样的。根据片桐的调查，对小岛发出指示的手机也查不到机主。

互爱银行最近中止了对中小企业的贷款，名声不太好，负责人之一就是小岛。

"总而言之……到了现在，无论如何都要阻止出现下一个牺牲者……从第二次、第三次的案发时间间隔来看，下一次作案很快就会发生。"

绘里子严厉地指示大家。

"流浪汉、地下钱庄、银行职员……都没有交集啊。"

岩井翻看手上的地下钱庄顾客名单。山村从外面进来了。

山村找到了流浪汉与地下钱庄的交集：流浪汉老重因为贪污乡镇工厂的公款而被开除。

山村偶然找到了一个打火机，是老重留下来的。打火机上写着"野垣工业"几个字。那会不会就是老重原来上班的工厂？岩井查找借款名单，其中也有"野垣工业"的名字。那是生产化学药品的工厂，名单上还写着："资金周转困难，需要注意。"

就在这时候，花形从小房间里出来了，他在不同的录像中找到了同一个人，只是清晰度太低，看不清楚。于是木元运用分形几何轻松提高了清晰度。

两台显示器上显示出一个穿米白色户外夹克、戴兜帽的男人，兜帽下的脸上刻着很深的皱纹。

男子名叫野垣泰造，五十九岁，是"野垣工业"的社长。

绘里子和片桐去了野垣工业，不过小小的乡镇工厂里一个人也没有，只有一张告示，上面写着："长久以来打扰各位了，目前因故关闭工厂。野垣工业"。

绘里子他们在附近停车等待，野垣果然回来了，和显示器图像里一样，戴着兜帽。

绘里子正想上去拘留野垣，搜查一课的小野田、森政夫、川野抢先一步，在绘里子眼前带走了野垣。这真是煮熟的鸭子飞走了。这是丹波点名的拘留，同时还搜查了住处。

回到警视厅，绘里子去找丹波争辩。

"我们已经快得手了，为什么不让我们继续？！"

"交给小野田那边更稳妥。"

丹波冷冷地说。

屋田健三说，在野垣的包里发现了经过改造的高压电棒，大概是用这个把人击晕再为其穿上马甲的。

"从痕迹上看，今天似乎也使用过。"

屋田的话让绘里子吃了一惊。

第四个目标很可能已经被绑上了炸弹。搜查住处时也发现了一张打印纸，上面写着："我是坏人，我发自内心地反省。我的愚行给各位带来了诸多困扰。"

"他是决心在第四个目标成功之后就来自首吧。刻不容缓！"

屋田严厉地说。

"就是这样，没时间浪费了。唔，你做得很不错，剩下的事情就交给我吧。你可以想想在记者招待会上怎么发言。"

丹波朝屋田说了一句"交给你了"，决定了由屋田去调查野垣。

"那么,我们也有我们的办法。"

"啊,媒体会蜂拥而至的。"

丹波没有搭理绘里子。可恨。

绘里子有自己的想法。她去找了野立,野立勉强答应了她的方案。

绘里子和片桐获得了审讯野垣的许可,他们与屋田和小野田一起,在单向玻璃镜隔开的房间里观察审讯的进展。

炸弹大概确实安装完毕了,小野田和屋田确信。必须问出他装在哪儿了。

野垣坐在椅子上,对面坐的是川野。森政夫站在旁边。野垣面带冷笑,对川野的提问含糊其辞。

小野田和屋田身后的绘里子轻轻吸了一口气,静静地调整呼吸,就像是在准备什么似的……

"知道拆除方法了吗?"绘里子问小野田。

"还没有。"

"目标呢?"

"已经知道了,但和你没关系。"

"我也有了解的权利……"绘里子刚说到一半,小野田截住话头，朝她怒吼：

"中止交易的进货商！布莱特科技！ES 化成①！日技制药！拆弹小组已经前往处理了！门外汉给我闭嘴！"

绘里子紧紧盯着玻璃镜里的野垣。

这时候，木元正在对策室的小房间里敲打电脑键盘。她全神贯注的时候就会咬指甲。旁边是频率分析器，野垣的声音反复播放着。

野立轻轻走到木元旁边。木元的视线一刻也没有移开电脑，她一边敲键盘，一边瞥了一眼旁边的野立。

"你好……我是帅哥哦。"

木元看了他三秒钟，表情毫无变化，又继续敲电脑。

"长得帅，声音也好听哦。"

但是木元完全不搭理野立。野立不再开玩笑。

"去看看审讯吧，这是你们老大的命令。"

审讯室里，一名刑警递给森政夫一张纸条。森政夫避开野垣的视线去看，只见上面写着："拆弹小组正紧急赶往受害现场。"

---

① 此处为日本公司名称的英文缩写。由于原作中未写明全称，故保留了公司名称中的英文缩写。

"现在几点？"野垣问。

野垣的手表典给了当铺。川野的手表显示是十点五十分。

"你不用关心时间，逮捕令马上就会下来了。你这辈子都别想出去了。"

对于川野的强硬回答，野垣露出冷笑。

审讯室隔壁里，绘里子目不转睛地盯着野垣。这时候，片桐的手机铃声响了。

片桐走出去，片刻后又走进来，把搜查过程中发现的证据——装在塑料袋里的欧米伽手表递给绘里子。

绘里子对小野田说：

"没时间了，听我说。像他这样的人，自尊心很强，对自己的技术很骄傲。除非遇到有资格听他讲述自己的知识和技术的人，否则他不会敞开心扉。反过来，如果能让他自尊心扫地，也可以轻松拿下他。"

"你是说森政夫他们不够格？"

"是的。"

"有趣……你的意思是你够格？"

"正是。所以请好好学着点儿。"

绘里子拿着片桐递给她的手表，走进了审讯室。

绘里子充满自信的态度让小野田很不高兴。

因为绘里子来到了审讯室，川野不情不愿地让出了座位。野垣看到绘里子，露出不屑一顾的表情。

"一个女人……"

绘里子不卑不亢地把手表放到野垣面前。

"这是您典当的手表，我赎回来了。初次见面，请多关照。我是特别犯罪对策室的室长大泽绘里子。"

跟在后面进来的小野田示意川野和森政夫出去，自己则站到绘里子旁边。

手表放在绘里子的左手，野垣可以看到上面的指针，也能看见绘里子左手腕上戴的手表。绘里子的手表指向的是"十一点十分"。野垣瞥了一眼。

"野垣先生……炸药的配方，您是在哪儿学的？"

野垣瞪了绘里子一会儿，随即把目光移开了。

"没在哪儿学，网上查查就知道了。"

"可是实际的配比需要相当的精确度……对了对了，黑索今的可塑性是怎么降低的？"

野垣的表情稍微有些变化。

"略微增加聚异丁烯的比例。"

"按百分比来说大约是多少？"

"百分之零点零一左右，不过要经过多次实验……"

隔壁房间里站着屋田、片桐、野立、木元和森政夫。

木元情不自禁地说道：

"这是FBI应对炸弹罪犯的交涉方法啊！通过归还罪犯的手表建立信赖关系，从而进行感情交流。另一方面，又基于罪犯想要夸耀自身技术的特点，激励他的自尊心……"

木元被绘里子的审问方式激发了好奇心，身体不禁向前倾斜。

"然后……就是如何打击他的自尊心……"

片桐焦急地望着野垣和绘里子。

绘里子和野垣的对话仍在继续。

"为了缩小目标范围，你运用了蒙罗效应……"

"……功课做得不错嘛……"

绘里子停顿了一下。

"我咨询了布莱特科技的户仓先生。"

野垣的脸色顿时变了。

"户仓先生和野垣先生是从同一所大学毕业的吧？他把马甲炸弹的制作方法和拆除方法全都告诉了我——给目标穿上可燃性极高的硝化棉布马甲背心，让爆炸看起来像是燃烧致死。"

野垣的脸因为愤怒而扭曲。

"完全是虚张声势嘛……"绘里子的谎言让屋田哑然无语。

"不好……"木元低声自语，"与罪犯交涉的时候绝对不能撒谎……一旦泄露，罪犯就会掌握主导权。而且，竞争对手的出现会导致罪犯产生强烈的敌对心理……只能赌运气了……"

大家全都咽了一口唾沫。这时候，川野神色大变地闯了进来。

"拆弹小组来电话说……目标全部不符！现在重新查找没收的资料！"

"另外……你计划杀死的小岛先生……就是那位银行职员……他……还活着。"

野垣震惊地站了起来。

小野田也大吃一惊，望向绘里子。

"救护车及时送到了医院……虽然是3度烧伤，肾脏也破裂了，但总算保住了一条命。真是遗憾啊……您以为自己的杀人计划很完美吧……连环杀人也失败了……现在拆弹小组正在赶往你设置炸弹的地方。拆除炸弹马甲，只需要用液氮处理，让计时器的电池停止工作，就行了吧？出乎意料地简单啊，户仓先生说……"

野垣一言不发。

"你就老实交代了吧。"

可是野垣依旧沉默不语。

川野走进来，悄悄地把一张纸条递给小野田。纸条上写着："目标错误，尚未找到。"小野田试图装作不动声色，而绘里子接过纸条的时候却一不留神掉到了野垣的脚边。绘里子慌忙捡起来，脸上闪过一丝焦虑。

"她在干什么！混蛋！"屋田怒斥。

野垣看到了那张纸条，脸上的神色恢复了平静。

"他还活着吗？"

野垣趁着绘里子的慌乱，开口问。

"那我问你……哪间医院？"

"……北荒川第三医院。"

"几号病房？"

"七〇三号。"

听到这话，野垣得意地笑了。

"北荒川第三医院只有五层楼。"

绘里子的脸色变了。

完了……屋田全身上下透出一股绝望。

野垣瞥了一眼绘里子的手表，上面显示"十二点十三分"。

"好了，真是难为你了！不过，到底是女流之辈。女人的小聪明？你知道拆除方法了？银行职员还活着？找到目标了？你在说什么呢?"

片桐推门闯了进来。

"刚刚收到的消息……光协化学的合并仪式会场爆炸,社长被炸死了……"

"怎……怎么回事?!光协化学?!为什么?!"

看到绘里子惊慌失措的样子,野垣高兴地说:

"我在五年前就恨那个女人!自从那个女人抛弃了我们,我们就频频受挫,所以我用她最害怕的方式杀了她。合并仪式本来是她大放异彩的场合,我偏偏让她带着对我的忏悔而死,这样我也可以安心赴死了。你们啊,找到我的时间稍微有点早。再等等就好了。我本来也打算好了,只要看到那个女人被烧死,我就会来自首!"

绘里子无力地坐到椅子上。

"你和那个女人很像,有点儿小聪明就忙不迭地下结论……我告诉你吧,要拆除那个马甲,光用液氮是不行的,因为有温度传感器,用液氮还是会爆炸。不过方法还是挺出乎意料的,只要把起爆装置的线路由并联改为串联,就不会爆炸了。户仓那个蠢货怎么也想不到这个办法!"

野垣兴高采烈地问片桐:

"我说,那个女人有没有哭?她是不是哭着跪在地上?"

就在这时，绘里子从口袋里掏出手机：

"刚才的……都听到了吧？"

"嗯……清清楚楚。"电话那头的岩井回答。

野垣怔怔地望着绘里子。

"合并仪式还没开始。"绘里子换了个表情。

野垣看看绘里子的手表和桌上的手表。两只手表都指向"十二点十五分"。

"对了，这个呀……我故意调快了三十分钟。合并仪式好像是十二点开始，现在是十一点四十五分，啊，你看，我是急脾气，顺便把自己的手表也调快了。"

绘里子指指野垣的手表。

"至于目标，我们做了彻底调查。根据之前的情况推断，必然是与工厂破产有关的人，但是人数太多，无法确定。不过你在今天设置炸弹，倒是给了我们提示。五年前导致工厂经营发生问题，是由于 ES 化成中止订货……"

"我们也调查了 ES 化成！"小野田不忿地说。

"但那时的负责人如今是光协化学的野口女士，并且今天将举行合并仪式，你们似乎并没有注意这一点。你住处的'我是坏人'那张纸给了我启发，那是打印出来给别人照着念的吧……我们也派了拆弹小组。"

绘里子拜托野立的就是安排拆弹小组的事。没有参与审讯的岩井、山村、花形随同拆弹小组赶往野口所在的仪式会场。

"接下来就剩下拆除炸弹的方法了。只有这一点怎么都想不出办法来……所以就演了长长一出戏。"

绘里子朝手机说:

"拆掉了?没事吧?好。辛苦了。"

然后她向野垣微笑着说了一声:"一切顺利。"

"我……我也……被骗了?审讯……掉纸条……放手表……全都是为了探听拆弹的方法?"

小野田目瞪口呆。

"这点儿演技都没有,还算是女人吗?"

"混蛋!"

野垣恼羞成怒,冲向正要走出去的绘里子。小野田条件反射地按住了他。绘里子一个转身。

"你按住他总没问题吧……好歹是男人嘛。戏法越复杂,实际的机关越简单。学到了吧?那么,告辞了。"

小野田也不禁想要怒吼,不过他还是先要拼命按住野垣。

绘里子招呼站在入口处的片桐。

"谢谢,戏演得不错。"

片桐虽然有所预见,不过对于事情进展得如此顺利,还是不敢相信。

隔壁房间里透过单向玻璃镜观看的木元、屋田、森政夫和川野全都目瞪口呆。

"我……也被骗了吗……"屋田感到十分羞耻。

只有野立一个人笑嘻嘻。

"不愧是……提拔了绘里子的我。"

戴上手铐的野垣被川野和森政夫移送出去，在走廊上遇到了绘里子。擦身而过的时候，野垣不甘心地朝绘里子怒喝：

"平胸女！"

绘里子故意挺了挺胸。

绘里子来到刑警部长室。

"总算阻止了罪行。多亏了一课的小野田系长……以及屋田参事官，非常感谢。"

绘里子深鞠一躬，转身要走，丹波喊住了她。

"你在美国都学了什么？"

"没什么，只是在日本待不下去了而已。那么……"

"你怎么会知道我的性格？是罪犯侧写那一套吗？"

"怎么会知道……那只是因为我很优秀。"

绘里子脸上浮现出游刃有余的微笑，走出了房间。

来到走廊上，看到正要回去的木元，绘里子喊住木元。

"那个声纹分析……身高差了五厘米，年龄差了四岁。精确度要再高一点儿。你现在仍对不起自己领的薪水。"

绘里子回到对策室，房间里只有片桐和花形两个人。电视上在放新闻。尽管发生了那起案件，光协化学的合并仪式还是顺利举行了。片桐看过那条新闻之后就回去了。

野立来了，朝只剩下一个人的花形打招呼：

"怎么样？还习惯这里吗？"

"哎呀，还没找到要领……"

"在这里，不会有人教你怎么干活的。"

"啊……那该怎么学？"

"看背影。嘴上教的很快就会忘记，你要看着前辈的背影去学。这才是刑警。"

花形凝望站在不远处的绘里子背影。

"有感觉了吧……"

绘里子双手叉腰，威风凛凛。

"宽广……"

"是说面积吗……"

看来，想要真正理解绘里子说的宽广，花形还需要很长时间。

破获了案件，放松下来的绘里子处理完杂务，走出了警视厅。

亮起街灯的道路一角，绘里子看到一名高个男子的身影，脸上顿时露出之前从未有过的如鲜花绽放般的笑容。男子看到绘里子，也露出微笑。

男子穿着灯笼裤，络腮胡子，一副劳作者的打扮，比绘里子年轻许多。男子名叫池上浩。

绘里子和池上在夜晚的街道并肩漫步的身影，被经过的片桐看到了。绘里子对此并未察觉。

"她为什么失去晋升的资格？你知道吗……"

绘里子一上任就漂亮地破获了案件，丹波对此十分焦躁。他问同样一副苦脸的屋田。

"不知道……"屋田摇摇头。

"因为男人。她……为了一个男人，抛弃了警察的职务。"

让那种女人随心所欲地想干什么就干什么，我可受不了。丹波的心情难以平静。

案件 02

绘里子出现在警视厅的射击训练场上,戴着耳机和护目镜。她举起手枪,立在眼前的人形标靶上突然出现了木元的脸。

"反正……我又不是刑警。"

回想起木元消极的话语,飞出的子弹大大偏离了目标。

重振精神,举起手枪,眼前却又浮现出片桐的脸。

"我只会在……规定的时间内工作。"

又打偏了。

"干劲十足,花形!"

"帮我约她出来,这是命令。"

是野立吗?打得更偏了。

"困倦而撩人,岩井。"

显然是岩井和仿佛背后灵般露出脸的山村,绘里子不禁后退一步。

"算了。"绘里子取下耳机。职场上的问题堆积如山,让她无法集中精力。

"你这枪法可不太行啊……"

循着话音回过头来,屋田正笑眯眯地站在那里,他背着丹波的腰包,脸上挂着假笑。

"让您见笑了。"

"不过呢,能来训练就已经很不错了……"

细听他意味深长的话，言下之意是，对策室的片桐和木元从来不参加射击训练。这可是个大问题。

作为上司，非严肃警告他们不可……绘里子一边想着一边走出射击场，却正好遇到走廊上的片桐。和往常一样，他周围的空气很凝重，也就是通常说的冷淡吧。绘里子立刻把他叫去屋顶训话。

"为什么不参加射击训练？每年都必须完成两百到三百发子弹的指标，你知道吧？既然是组织的一员，就得好好遵规守矩。"

"组织吗……"

片桐冷笑一声。

绘里子语重心长地向他解释：

"总不可能独自一人去搜查吧？"

"刑警大多都是独行侠啊。自己掌握的线索，连同事也不能告知……只能告诉值得信赖的上司……当然，如果真的有这样的上司的话……"

"不信赖同伴？"

"信赖？那帮无能的家伙，你要我怎么信赖？"

绘里子无言以对。

"要我替那帮无能的家伙收拾烂摊子至死，得了吧！"

片桐为什么如此不愿敞开心扉呢？绘里子对他知之甚少，就连自己擅长的心理侧写也毫无用武之地。沉思之际，木元从面前经过。

"怎么不去射击训练？"

"反正也轮不到我开枪。"

木元头也不回，粗鲁地回应绘里子的问话。

"现实中或许如此，但不开枪就不算刑警。"

"我不会开枪。"

"就算为了帮助同伴，你也不会开枪吗？"

木元没有回答，她也对旁人封闭着自己的内心。

绘里子深深叹气。回到特别犯罪对策室，仍止不住地叹息。打开电脑对着屏幕发呆，却突然感觉到了可疑的目光。一抬头，山村正慌忙移开眼睛。

山村注意到绘里子有时会出神地望着电脑屏幕，于是想看看她屏幕上的内容。岩井不知从哪儿听说"绘里子因为过去交往的男人而断送了职业前途"，为了找出绘里子的弱点，他就让山村去查看绘里子的电脑屏幕。

绘里子注意到了山村的举动，却被轻浮地喊着"早安！"走进办公室的野立打断了思路。

"你成了谣言的焦点呢……有什么好吃的甜食吗？"

野立发现了桌子上有绘里子最爱的玛氏巧克力，拿起一把塞进嘴里，边吃边讲了件奇妙的事。

"啊，八卦警察内幕的网站上可是贴着一大堆哦？据说连私房照都有……这玩意儿真好吃。"

"私、私房照！？"绘里子竖起耳朵。

"裸照之类的吧？年轻时的……"

"说起来……总觉得有谁在偷偷摸摸地盯着我……"

抬头一看，山村又在往自己这边看，意识到绘里子的目光，他又慌忙移开眼睛。

绘里子不安地上网打开"3chan"论坛，开始搜索自己的名字。

"如今这世道真可怕，网络社会啊……如果出了什么事，随时告诉我，我会使用权力加以整治的。"

野立轻飘飘地说着，走向咖啡机。

"啊，真小实，有咖啡吗？"

"不知道。"

木元无视野立，倒好自己的咖啡便回到座位上。

绘里子正盯着屏幕看网上有没有人乱八卦自己，花形抱着笔记本电脑走了进来。

"老大……"

"怎么了？干劲小子？"

"有件事让我很在意……"

"网上贴了什么吗！？私房照！？"

"私房？不……我想着，可能会对调查有点帮助。我经常浏览讨论犯罪的危险网站……"

"啊……谈工作啊……然后呢？"

"我经常上的网站，从几个月前开始，就有一个人在写自己杀了人……"

绘里子终于回过神来，重新摆出认真上司的脸。

"刚才接到报案说，台东区有个女大学生被刺杀了……"

"嗯，小野田组正在往现场赶。怎么了？"

"上面写着说，这也是'神'干的……"

"神？"

绘里子开始浏览花形的笔记本电脑。

我是神

又处死了一个人

地址是台东区新町 4-2-13

我支配人的生死

我杀人，这个人就属于我了

页面上满是这类恐吓的话。花形点开一个链接，跳出来一张女性尸体的照片。

"是犯人拍下的照片……"

除此以外，还记录了此人过去两次杀人。大田区贯井町的山田嘉在湾岸溺水身亡，港区本町的吉冈仁美在家中的床与墙壁间的缝隙中死去，死因不明。

"难道是……连环杀人……"

绘里子决定着手调查这一系列事件。

第三位受害者名叫上野秋叶，二十二岁，东都大学医学系大五学生，离家前往图书馆途中，被人以锋利刀具刺中左胸而死。小野田小组正与辖区内的浅草分局一起到现场调查，但在绘里子看来，问题出自网络论坛。

大家围着对策室中央的讨论桌，一边看花形打开的电脑画面，一边就这次事件展开讨论。只有木元一人待在自己的座位上，懒洋洋地记着笔记。

"喂喂……这种事是偶发的吧？"

岩井一脸难以置信。花形向他列举了与上野秋叶一案相似的两起案件。

"山田嘉案的帖子是四月十六日下午两点二十分出现的。湾岸分局警员接到报警赶到现场时是二十八分，比发帖时间晚了八分钟……五天前，早上九点十三分也有一个帖子。发帖六分钟后，港区分局警员赶到现场，发现吉冈仁美死在了床和墙壁的缝隙之间……"

这两起事件一直被当做意外事故处理，发帖人交给技术科负责调查。但花形执意相信这一定是案件。

"这什么啊……在表扬吗？"

山村看着论坛留言惊讶地说。

神降临！

又出现了！

真正的连环杀人！

超兴奋！

神好厉害！

照片很赞，谢谢！

网上满是溢美之词。

神果然不一般！

刚刚在新闻上看到了！真是漂亮。下次是刺杀吗？

会穿一身黑衣举行死亡仪式吗？

真的是尸体，这也太牛了。

"网上一边倒地把楼主当做'神'来赞美……"

"把杀人犯当做英雄吗？"

花形试着说明，但不熟悉网络文化的山村实在难以理解。然而，绘里子能理解跟帖人的心理。

"很遗憾……对一部分人来说，杀人狂是闭塞世界里的反英雄。在美国历史上，凡有连环杀人狂，就必定有狂热的粉丝跟随……"

"犯人的外表？"片桐冷静地问。

"据留言中的信息……'神'一身黑衣，手持巨大匕首，双目青蓝，脸上用血画着叉号。杀人现场也留有这个符号……综合一下，就是这样。"

花形向大家展示他画的肖像。那实在太像漫画了，众人不禁哑然失笑。

"这根本就是网上的胡扯吧！"岩井惊呆了，怒喝道。

"不，不能如此断言！"

花形难得没有妥协。岩井不禁逗弄起喘着粗气的花形。

"哦！哦！干劲十足呢，好嘛！"

总之，案件需要重新调查。绘里子吩咐大家分头行动。片桐到漫画咖啡屋打听消息，山村和岩井到湾岸发现溺水尸体现场进行搜查，花形委托科学搜查研究所验尸。

绘里子和木元一起来到河边桥下的第一现场。"禁止入内"的胶带包围着现场，鉴证科和机动搜查队正在调查。

"受害者似乎是在另一个地方被刺杀的，然后走到这里气绝身亡。凶器是菜刀，菜刀精准地刺了一刀。但被刺之后，受害者似乎没有当场身亡。"

"没有当场身亡？"

听过机动搜查队汇报的木元表示很感兴趣。

"心脏受损不等于当场身亡，大多数情况下，受害者是死于心脏损伤引起的心包压塞。这种情况下，就算多活个十分钟也不奇怪。这种事你应该知道吧？"

绘里子微微一笑，木元不爽地咬着指甲。

"刺穿心脏其实是很困难的，因为有胸骨的遮挡，要么刺穿骨头，要么把刀刃从肋骨之间滑过去……手法看来相当娴熟啊……"

绘里子正期待着木元对她的推理有所回应，却发现她不知何时跑到一边蹲着挖土去了。

"还在青春期吗……"绘里子望着木元无精打采的背影，叹了口气。

"喂……不要为一点小事就耍脾气，好吗？拜托了！"

绘里子靠到木元身边提醒她。木元却站起身来,抚摸着墙壁上的血迹,淡淡地开始说话:

"受害者被刺的地方离墙壁很近。作为凶器的菜刀,手柄涂料脱落得很不自然,和这块血迹相符的痕迹,是刀柄的磨痕。这与受害者的伤口高度基本一致。我能想到的答案只有一个,受害者用墙壁抵住刀柄,主动刺死了自己。"

真是经得起打击啊。绘里子微笑了。

花形到科学搜查研究所拜托尸检,一面等待玲子回到座位上,一面重看自己画的肖像,为这种巨大社会事件的预兆而激动不已。

"现代怪兽啊……"

玲子回来了,一如既往地迷人,是对策室缺少的女人味十足的角色。

"哎呀,这不是干劲小子吗?还好吗?"

"干、干劲?……挺好的,谢谢……"

"怎么?找姐姐我有什么事?想我了?"

"是!……啊,不,有件事想拜托您调查,没准会成大案子呢!"

然而玲子很快将事件断定为事故。

"吉冈小姐当时喝了酒,一不小心从床上掉了下去。掉入床和墙壁的夹缝间,导致体位性窒息,这么判断很合理。尸体上没有发现他人的指纹,毫无疑问,是意外。"

此时,岩井和山村完成了湾岸的搜查,走进办公室。

"我们这边也是单纯的事故。死者是旱鸭子,一不小心从堤坝上滑了下去,滑落的痕迹和受害者的鞋子一致。调查这些可真是大费周章啊。"

明明自己偷懒光让山村干活,却说得像自己干的一样。山村怨恨地瞪了岩井一眼。

"没、没有目击证言吗……现场有叉号之类……"

到了这份上,花形还没放弃。

"你傻啊!怎么可能会有这种人啊!"

岩井不屑一顾地"啪"地弹了一下花形画的肖像。

傍晚回来的片桐汇报说,案件同样归因为意外。"神"的帖子都是从漫画咖啡馆、车站、酒店一楼之类的公共空间的电脑发出的,所有监视摄像头都录下了同一个人:三张照片中,都有一个戴着毛线帽和口罩正在敲打键盘的男子,他的右手食指戴着一枚粗糙的骷髅戒指。

"这枚戒指就是特征,但除此之外,就没有线索可推断了。比起这个,请看。"

片桐所指的电脑屏幕上又出现了大量留言。

　　神啊

　　请杀死小金井市田金井町的半田章子吧！

　　请杀掉明和大学法学系大三学生吉田友基！

　　北区荣町的志村梓就拜托您了！神！

不止留言，连照片都附上了。

"杀人委托……"绘里子倒吸一口气。

"恶意留言。技术科正在把他们一个个带去警局问话，但目前并没有在其中发现疑似'神'的人。"

"被杀人委托指名的人怎么样了？"

"安全起见，已经联系各自的辖区，保护起来了。也有胡编乱造的名字，但二十三人里有二十一人已经取得联系，剩下的也正在联系中。这个论坛已经被封掉好多次，但没过多久总会有新的类似论坛出现，同一帮人又开始留言。每当有事故被报道，点击率就疯涨……"

片桐的汇报让绘里子有了把握。

"所有在网上留言的人，肯定都在让这个'神'变得越来越强大。"

"女大学生案件也是自杀吗？"片桐问。

绘里子催木元解释，但不知为何木元没有回答。没办法，绘里子只好替她说明情况。

"用刀刺透胸腔自杀时，自杀者为了确保位置准确，会脱掉衣服直接刺进肌肤……但她是隔着衣服刺的，所以我原本也以为是他杀。"

"那么……其实不是吗？"

"她是大五医学生。如果解剖很熟练，这种活儿就不在话下了。把刀柄抵在墙上，一刀刺中自己的心脏。"

"没错吧？"绘里子问木元，但木元咬着指甲，什么也没说。

"也就是说，帖子里写的那些，没有一件是他杀。"

岩井一面用健身器材锻炼着，一面看向花形。花形无地自容地垂下了头。

第二天，绘里子到刑事部长室向丹波汇报调查进展。

"喂喂，我说你啊……小野田组已经断定那是事故了。把旧案子拎出来重查，现在又告诉我什么都没查出来。你打算就这么算了吗？"

屋田不怀好意地逼问。

"被网上那些无聊的帖子影响了？嗯？"

丹波也无话可说。绘里子很不快,但这次她实在理亏。

就在这时,小野田进来了,以锐利的目光看了一眼绘里子后说:"你们在找的'神',已经被捕了。"

绘里子急忙赶去审讯室,一个叫藤原优的二十一岁年轻人正坐在那里。他身材瘦小,看起来很柔弱,食指上戴着一个粗糙的骷髅戒指。

根据小野田他们的调查,嫌疑人藤原是窃听119报警电话的窃听狂,一旦听到119电话中有死亡信息,就骑着小型摩托车率先赶往现场,拍下照片发到网上。上野秋叶、山田嘉、吉冈仁美……所有现场藤原都去过。藤原没有选择明显的意外事故,而是特意挑选了看起来颇为奇怪的案件。

绘里子回到对策室,告诉大家这一事实。

"反响出乎意料,'神'得到了众人的追捧,于是就顺势而为了么?"岩井一脸震惊。

"警察的无线电已经全部数字化了,但消防的无线电大部分还是模拟信号……"木元不带感情地说。

"这样吗?干劲小子闹了个大乌龙啊。"

被岩井这么一说,花形更加无地自容。片桐也冷冷地背过身。

感受到气氛的恶劣,山村企图结束话题。

"唉，算了算了，毕竟指挥调查的是长官啊……"

电视上正好在报道这件事。

"继续报道在网络留言中自称'神'、拍下事故现场的照片装作谋杀发布到网上的男子的案件。犯人是住在东京都内的打工者藤原优，二十一岁……"

"不就是个弱不禁风的小屁孩吗？哪里像神了？蠢爆了。"岩井看着电视上藤原优的照片不快地说。

然而留言一如既往地照常显示在花形的电脑上。

被捕的人不是神。假货！

神怎么可能被捕呢

真正的神会杀得更带劲的

"不长教训的家伙们啊……"

岩井厌弃地说，和山村一起出去了。木元也一言不发地离开了。

"到点了，我回去了。"片桐也冷冷地回去了。

失去力气的花形趴在电脑前，破罐子破摔地看了一眼显示器，却大吃一惊。

那上面写着："神降临！"

此时，本应是"神"的藤原优还在审讯室里。

"为了逗英雄，在打工的地方滔滔不绝讲了一大堆，口风太松，就被逮捕了。"

面对小野田，藤原毫无悔意地反驳：

"拍死人的照片有什么不好？大家不是都很高兴吗？所以才会有那么高的点击率。大家想说什么就说什么，可开心了。这是狂欢啊。大家不是都很想看他人的不幸吗？我是娱乐大众的艺人，所以是'神'。我做了谁都无法做到的事，所以是与众不同的人。"

绘里子在隔壁房间透过单向玻璃镜一直盯着藤原，终于忍不下去了，进了审讯室。藤原看她一眼，不知道她是什么人。绘里子一面鼓掌一面说起话来：

"这不是干得很漂亮吗？在优渥的家庭里长大，被父母宠爱，以为只要努力就能成功了，没错吧？"

"你想说什么？"藤原一脸讶异。

"但现实社会可没这么简单，惧怕挫折的你，不知不觉变得害怕挑战了。"

"你想说什么？"

"是啊。只要不挑战，就不会受挫，也不会受伤。但你心里认为自己是做得到的，所以才在虚拟的网络世界里寻求证实。"

"你到底想说什么啊！"藤原激动地站了起来。

"这就是你啊，在网上被称作神的人的罪犯侧写，我说的没错吧？"

"别开玩笑了。"

"不是开玩笑。从某种意义上来说，是在夸你。真是干得漂亮。从某种意义来说，成了神，坠落到狱墙之内的神。这点子太棒了。网络狂欢。欢迎来到狱墙之内，里边可热闹了。"

说得痛快的绘里子离开审讯室，花形面无血色地追了过来，手上抱着笔记本电脑。

"不好了！接到浅草分局通知，又出现了杀人案，是之前向'神'的杀人委托中还没取得联系的两人中的一个！"

绘里子和花形立刻赶往现场。公寓前已经有警官把守。案发现场所在的二楼房间沾满鲜血，状况凄惨。墙壁上用血画了一个大大的符号。

根据调查汇报，受害者名叫根本纯，二十五岁，全身被锋利的刀具刺伤七处，失血而死。

此时，山村打来电话。已经回家的山村和岩井接到绘里子的电话，赶往网上留下的另一人的住址。然而那里也发生了凶杀案，山村说，那里同样沾满鲜血，墙壁上用血画着大大的符号。

绘里子和花形找公寓管理人要来监控录像，发现二楼电梯前的摄像头录下了一个戴着黑色兜帽的可疑男子的背影。

真正的神果然存在！
神好厉害
超感动

此时，论坛上的留言已经形成了祭典般的骚乱。
花形不由得浑身颤抖。

绘里子回到对策室，向部下说明自己的看法：
"与其说是模仿犯，不如说是信仰并崇拜着由网络创造出的'神'的狂热信徒……所以才会按原样实施网上的'神'的所作所为……"
"因此而杀人吗！？"片桐惊讶地说。
"真正的犯人太过仰慕神，不知不觉开始相信自己就是神……藤原被捕后，就更加确信自己才是真正的神了……"
"这也太……"花形感到难以置信，但绘里子非常有信心。

"仰慕的对象与自己重叠,这不是什么新鲜事。如有实现妄想的能力和勇气,就更有可能了。"

"好危险啊。"片桐嘟囔说。

"只存在于网上评论的妄想中的怪物,孕育了真实的怪物。"

绘里子的话让部下陷入沉默。同时,评论还在不断增加。

"把犯罪类论坛全部封掉吧,只能这样控制评论增加了。"

片桐说。

"没用的。肯定还会有类似的论坛出现,感兴趣的人会留下受害人姓名,犯人不把网上的委托全部解决是不会罢手的。"

"那怎么办?"

"我来当诱饵。"

绘里子的决定让所有人都倒吸一口凉气。

绘里子到刑事部长室汇报自己的行动计划。

对于自己的想法,说没有不安是假的。虽然在部下面前表现得毅然决然,但一个人待在走廊上时,绘里子的脸色暗了下来。这时,手机响了。

还好吗?现场下雨了,淋成落汤鸡　浩

浩的短信里有一个苦恼的表情符号。

刚打出"其实啊"这几个字,绘里子就停下了。

"干劲十足",再加上三个笑脸的表情。

但绘里子的表情和她发出的表情符号正相反。旁边的野立默默注视着她这副模样。

丹波、屋田、野立及小野田一干人皱着眉头聚集在局长办公室。

"打算引蛇出洞?"

绘里子的决心让丹波的脸抽搐了一下。

"按照现在的情况,要逮捕真正的犯人,这是唯一切实可行的方案。犯人忠实地执行着论坛上的'神'的所作所为,其中就有留言说:'杀死警察是最大的挑衅。'把我的名字写进杀人委托,其他人为了看到期待成真也会跟帖,犯人应该就会回应这份期待。再不将犯人捉拿归案,还会继续出人命。"

"难道不是因为之前扰乱搜查而想要戴罪立功吗?"

都到这个节骨眼上了,屋田还是毫不掩饰对绘里子的厌恶。

"把能调来的警官全部调来。"

在野立的支持下,丹波总算勉强同意了绘里子的行动计划。

首先,花形他们在对策室里分头上论坛留言,请求杀死绘里子。

警视厅特别犯罪对策室的大泽绘里子警官

此人似乎负责搜查

只有神才能杀死警察

请尽快降临，处死她吧！

"请大家去武器库带上手枪。"

绘里子对正在拼命留言的部下们说。大家都相信了她的心理准备。

绘里子看了看花形的电脑说：

"拜托用张好看点儿的照片。"

花形心中的激动仍未平复，他追上了正走向武器库的绘里子。

"老大！是我的错吧？都怪我多嘴，让搜查白费工夫……"

"你指我当诱饵这件事？别自恋了，我怎么会被你的意见左右？这是我自己的判断。比起这个，还是赶紧准备好战斗吧。"

绘里子步伐稳健地走向保险库。一旁的片桐从头到尾听完了两人的对话。

在武器库里，每个人要上交自己的姓名卡以换取手枪。片桐和木元不喜欢手枪，却也各拿了一把。绘里子看着所有人都拿到了手枪，不知为何不拿手枪就锁上了保险柜。

参加诱饵行动的警官和刑警在会议室集中，以小野田为中心：发布大型行动计划。

计划如下：嫌犯经过各区时立即向 L1（小野田）汇报，并将此区完全封锁。将无线电设置为与其他无线电不同的波段，使用第四频道。大泽绘里子警官作为诱饵在 C3 区的公寓待机。一旦嫌犯进入公寓，A 区到 C 区的搜查员就包围公寓，实施逮捕。同时，嫌犯很可能携带凶器，为此选派护卫保护大泽警官。包围完成后，收到公寓内大泽警官的信号，就一起冲进公寓，将嫌犯逮捕。

直到河边的公寓进入视线，绘里子才从出租车上下来。仔细查看就会发现，公寓旁到处潜伏着伪装成路人的持枪刑警。

"A1 区，部署完毕。"

山村伪装成流浪汉，以无线电联络。流浪汉的行头是他自己置办的。山村和岩井一组，负责 A1 区。

A2 区由片桐和花形一组负责。片桐瞄了一眼西装下枪套里的枪，心情很复杂。

搜查一课的川野和森在 B3 区，是离公寓最近的地方。坐在车里，能看到绘里子的房间亮着灯。

除了地板上的笔记本电脑之外，公寓里什么都没有。绘里子站在房间的角落里，越来越紧张。木元蹲在不远处，把装备在腰间的手枪握在手里，似乎在思考着什么。

"很沉重？"

"……为什么是我？"

"不为什么。"

"为什么你不带枪？"

"有优秀的部下在身边，没必要带枪……"

"你是在考验我吗……"

谈话间，绘里子注意到自己的右手在发抖，便用左手按了上去。木元注意到了她这个动作，刚想说话，却被无线电里传来的川野的声音打断了。

"嫌犯出现！逃向 B2 区！"

戴着兜帽的嫌犯在川野和森的追逐之下跑了出来，逃进了山村潜伏的公园。男子将匕首刺向山村。

山村吓了一跳，扭到了腰，当场倒地。岩井举枪追来，男子挥舞着匕首逃开了。

"嫌犯逃向 B4 区，手持匕首。"岩井通过无线电报告。

男子逃向片桐潜伏的地区。

"停下！"片桐举起手枪。

时机一闪即逝。然而片桐犹豫着没有扣下扳机！男子没有放过这个瞬间，逃走了。

"你在干什么！开枪啊！"

川野和森赶来时已经迟了，男子的身影早已融入面前的黑暗中。川野他们抛下片桐，全速向男子追去。

"犯人挥舞着匕首逃走了。大泽手下那帮人什么都没干，眼睁睁地看着他逃了！"

听到这话，绘里子忍不住恼怒地一拍大腿。木元做好了心理准备，把手伸向枪套。

"嫌犯正逃向A4区！"无线电传来川野的声音。

"公寓解除包围。请各位搜查员迅速赶往A4区。"

听到小野田的指示，绘里子冲出公寓。

"嫌犯进入A4区的山丸仓库！"

花形发现嫌犯，追了过去。两人距离很近，但对方跑得太快，飞速爬上工厂外的楼梯躲了进去。花形也随之追了进去。

绘里子也赶到了山丸仓库。岩井从另一边赶来，受绘里子之命爬上楼梯。

此时，花形正在阴暗的仓库里和兜帽男子拼死搏斗。两人纠缠在一起从楼上滚了下来。花形在猛烈的冲击中摇晃了一下，男子抓住这个机会骑在花形身上，将匕首向花形的脖子刺去。

不行了！花形认了命。

"不准动！"是岩井，他从楼上把枪口对准男子。

男子将匕首投向岩井，匕首刺进岩井刚刚倚靠的柱子。男子利用这个间隙打破窗玻璃，跳了出去。

绘里子打开大手电筒四处搜寻，男子却正好落在了她面前。

绘里子追向男子。男子爬上高高堆积的货架。货架倾塌，让绘里子无法继续向前。

男子逃向工厂角落里的废弃小屋。

"他逃进去了，请求援助！"

绘里子和追来的花形与岩井一起接近小屋，却注意到了难闻的气味，大喊着："快跑！汽油！"让大家迅速躲避。

三人刚跑开，小屋中就传来爆炸声，喷出了火焰，三人的身体被扔得老远。再回头，小屋已经被烈焰笼罩，迅猛的火势冲出窗外。

警笛鸣响，小野田、川野和森赶来，趴在绘里子、花形和岩井身边。不久，消防车和巡逻车也来了，好些穿制服的警官和穿便衣的刑警在此集合，慌慌张张开始搜查。小屋几乎燃尽，只余下漆黑的残骸。

小野田来到在小屋不远处看着这番骚动的目瞪口呆的绘里子身边。

"找到那小子的尸体了，匕首还紧紧握在手里。今天先回去吧。我找个人送你到家门口。"

"我不接受其他组的指令。"

绘里子坚决地说。逞强的模样让小野田冷笑一声,离开了。

"忙着调查嫌犯的真实身份呢,上头想尽快发布战果。"

一身白衣的玲子来到现场,和绘里子搭话。

"这结局可真没劲……"

花形看着残骸喃喃道,脸上还沾着烟灰。燃烧殆尽的残骸仿佛象征着犯人的虚妄。

"只有这个犯人……真心相信网上的'神'啊。也就是说……在网上留下谎言的所有人共同完成了这次犯罪……"

说着,绘里子离开了现场。穿着制服的井上警官迅速跟到她身旁,这个男人是小野田身边的警官。

"我送您回家吧。"

"没有必要。"

"但这是命令……"

"明白了。那就打车回去吧,在家周围不想太招摇。"

岩井经过时,打趣说:"哦!和男人回家啊?"

"是啊,羡慕吧?"绘里子爽快地说。

"她是怎么知道的?"

绘里子是什么时候注意到自己的性取向的?岩井心里"咯

噔"一下。

绘里子回去了，现场的刑警也少了许多，但片桐仍旧茫然地站在原地。自己当时为什么没开枪呢？他的心情很复杂。

这时，他接到了科学搜查研究所的玲子的电话。

"啊，片桐。大泽长官在吗？"

"不在……已经回去了……怎么了？"

"出大事了。刚刚法医检查了小屋的遗体……没有活体反应，也就是说……尸体是死了很久之后再被点燃的！死在小屋里的……不是犯人！"

片桐不寒而栗。

小屋前有位警官正在找人。

"小野田系长的命令……大泽长官在哪儿？"

正打算回去的木元被警官一问，停下脚步。

绘里子危在旦夕。

片桐和木元都意识到这个事实，急忙坐上花形的车，朝绘里子的公寓赶去。

不知为何，绘里子的座机和手机都打不通。

千万别出事。三人一起祈祷着绘里子平安。

抵达公寓,从出租车上下来,井上犹豫地问:

"那个……不好意思……能借用一下卫生间吗?"

"请便,"绘里子直爽地说,"喝杯茶再走,感觉有点冷吧?"

绘里子一面对着卫生间说话,一面在玄关把自己的鞋子放进鞋柜,再把摆得有点不整齐的井上的系带靴摆好。

站在起居餐厅一体式房间的厨房里倒茶时,井上突然举起匕首,从背后凶狠地向绘里子挥去。

千钧一发之际,绘里子躲开了匕首,关掉了房间的灯,然后飞快地逃向走廊,却被猛攻的井上扑倒在走廊尽头,紧紧拧住脖子。

绘里子尽全力反抗井上,利用半开的卫生间门,将他的大块头夹住,回到起居室。

她打开连接阳台的窗户,躲在暗处等待井上追来。不出所料,井上追到阳台处。

绘里子屏住呼吸潜伏着,发现旁边的桌子上有个打火机,她不假思索地拿了起来,却发出了"咔嚓"一声,被井上发现。

"人乃罪孽深重之生物。汝若在此坦白,吾便赐予汝七重伤痕,救汝于罪恶之中。"

井上念叨着不明所以的话,发现了绘里子的藏身之处,再次挥着匕首冲上去。绘里子在黑暗中拼命躲避。

危急之际，绘里子用靠垫挡住了匕首的刀刃。

片桐、木元和花形举着手枪冲进房间，但此时绘里子已经将井上控制住了。

花形在绘里子的催促下为筋疲力尽的井上戴上手铐。

"你是怎么知道的？"片桐问。

"系带靴。一两年前，警察的系带靴就换成拉链款了。这玩意儿大概是网上买的旧货吧。"

三人对绘里子的洞察力佩服得五体投地。

"说起这个……你们俩还打算开枪吗？"

片桐和木元不禁看了看紧紧握在手中的手枪，尴尬地把枪放回了枪套。

第二天，绘里子和野立并排走在警视厅的走廊上。野立手里拿着一份报纸，上面登有杀人犯井上的报道。案件得到解决，两人神情安逸。

"真搞不明白啊，为什么想要成为'神'？他可是已经三十五岁了啊？"

野立歪了歪头。

"对神的崇拜来源于自己未能实现的愿望。憧憬着不现实的事物的人有两种：一是看不到未来的青春期少年，二是失去了未来的中年人。被捕的井上就是后者,他半年前就从公司辞职了。"

"原来如此。不过我呢,我本来就是某种意义上的神啊。"

野立正沉浸在自我陶醉中,两位年轻貌美的制服女警正好路过。

"啊,野立参事官辅佐!"

"下次再去喝酒吧!"

两人眼睛闪闪发光地看着野立。

"嗯,随时欢迎。"

野立对两人微微一笑。

"我也是罪恶的神啊……"

说着,正想看看绘里子作何感想,却发现她早就走到前面去了。

花形正和人愉快地聊着天,绘里子与他擦肩而过。花形手里也拿着报纸。

"头一次逮捕罪犯别太得意,赶紧把口供录好。"

绘里子说完走开了。花形傻站着望着绘里子背影,野立走上前对他说:

"很高大吧?很高大呢,那家伙,从以前开始就……"

"有一百七十厘米呢。"

"……不是说身高啊!"

要让花形认识到绘里子的高大,恐怕还需要一些时间。

对策室里，岩井和山村正在吵嚷，话题仍是山村对绘里子过去的男人的调查结果。

"这是……外国人啊，感觉挺老成的……这真的不是婚外情吗……"

山村一脸严肃地把绘里子的电脑桌面给岩井看。

桌面是乔治·克鲁尼的照片。

"你傻啊。这是乔治·克鲁尼吧。"

"他叫乔治？你怎么连名字都知道？"

"大叔啊……唉，算了。回家洗洗睡吧。"

岩井被没见过世面的山村惊呆了，离开了绘里子的桌子。

这时，绘里子回到座位上，出神地望着桌面微笑起来。岩井看着她，喃喃道："品位不坏啊……这女人……"岩井的手机待机画面也是乔治·克鲁尼。

这天晚上，片桐按时来到了射击训练场。

管理员发现片桐一直盯着入口看，就问他："练吗？"片桐却回答"不……"收回了脚步。

此时，木元也来了。"来练习？"片桐问。

"不……路过而已。"木元淡淡地说。

木元离开时却悄悄瞄了一眼训练的样子，她对射击产生兴趣了。

离开警视厅，绘里子前往与浩相约的地点。虽然下起了雨，浩仍等在店前。

"啊……怎么了？里面人很多吗？"

"不……只是在等你。"

浩问绘里子：

"没事吧？"

"……什么？"

"笑脸符号……你打了三个。你逞强的时候……出了什么事的时候，就会这样……"

浩的关心让绘里子很开心。

"没事的，挺好。只是有点……有一点儿忙，人手不够而已。"

"那就好，商社也不容易啊……"

绘里子对浩说她在商社工作。

"不过……浩帮了大忙。"

绘里子把打火机还给浩。那天，绘里子把以前浩忘在家里的打火机当作护身符，和犯人搏斗。

绘里子望着浩的脸，感到自己终于从那天晚上的恐怖阴影之中解脱了。

案件 03

野立带着下属大步流星地走在警视厅的走廊上。

"召集一些文字能力强的人手,这可是警视总监的期望。"

"是!参事官辅佐!"

野立面对下属时脸色严峻,却突然不知看到了什么,表情舒展开来。

"哟……小玲子。"

"哎呀,小野立,可好?"

下属感到科学搜查研究所的玲子和野立关系非同一般,知趣地趁早离开了。

"上次真是多谢款待了。"

"哪里哪里。比起那个……下次陪我到天明吧,我找到一家不错的酒吧。"

"嘻嘻嘻……真是一如既往地轻浮。"

"啊……比羽毛还轻,不想被那么包围一次吗?"

野立想把手搭上玲子的肩膀,却被不着痕迹地躲开了。

"我可不是随随便便就会沦陷的。"

"沦陷吧……越深越好。"

野立还想坚持,玲子却只是露出神秘的微笑。

拜倒在科学搜查研究所的玲子的石榴裙之下的,警视厅里大有人在,花形也是其中之一。一看到她来到特别犯罪对策室,花形就无心干活了。

"口水流出来了。"岩井提醒一脸花痴的花形。

"不是,我只是觉得她真漂亮啊……"

"哼,心肯定比乌贼墨还黑。"山村一脸憎恶地看着玲子。

"大叔,没想到你的心理这么扭曲啊。"

"头发浓密的男人和美貌的女人都不可信,反正肯定都没把我当人看。"

野立风一般地出现在气馁的山村身旁。

"怎么可能呢?那种美女早就厌烦我这样帅气的男人了,反倒会喜欢山小村这样的人呢。"

"山小村?啊,我吗?……真的假的?"

"你看,天天吃大餐,偶尔也会想吃海鞘或者海参肠,对吧?就是这个道理。"

"……说起来,大叔你倒长得有点像海鞘呢。"岩井附和道。

"山小村的长相可受美女欢迎了。"

山村虽然对野立的话半信半疑,却也露出了感激的神情。

对策室的男人们的目光纷纷被玲子吸引,孤零零坐在自己位子上的木元起身来到绘里子旁边。

"男人果然喜欢那一型的呢,真是的,连野立都……"

同样受到了男人的无视,绘里子把木元当做同伴八卦起来。

"女人的天敌是女人啊……"

木元瞟了一眼玲子,小声说。

"你以前的领导啊……被调到这里来,还记恨着她吗?"

木元没有回答,慢吞吞地回到座位上。

这时,绘里子的分机响了,是丹波打来的。赶到刑事部长室,丹波和屋田一如既往地等在里面,还有比往常神情更加严峻的小野田。

丹波手里拿着一本《佚闻》,一份面向二十七岁至三十岁女性的时尚杂志。

最近接连发生了两起读者模特强奸案,案件调查由小野田组转交对策室,难怪小野田一脸吃了苍蝇的表情。

绘里子在小野田不快的目光中接受了任务。但是,丹波他们一向极力避免给绘里子派活,为什么这次把案子交给了对策室呢?

"做给媒体看的。受人关注的恶性连环强奸犯被女刑警逮捕……这画面不错吧?"

出了刑事部长室,野立低声耳语。

"女人的天敌是男人,果然如此。这种案件都能利用,还真是只有男人才想得出来。"

"别这么说。这犯人非逮捕不可。"

"当然。女人的敌人不可原谅。"

"《佚闻》的其他读者模特也很害怕,虽然已经让辖区内的警察负责警戒了……"

然而,第三起案件还是发生了。

尽管有刑警跟随,受害人却还是在离开视线的瞬间被袭击了。

受害人叫樋口由加里,三十岁,《佚闻》读者模特之一,出席某品牌新品发布会后回家途中被袭击。

绘里子赶往由加里所在医院的治疗室。头发蓬乱,面容憔悴的由加里正在接受治疗,脸上的伤疤让人心痛。她双肩颤抖,泪流满面。

据医生说,脸部和头部的伤势没什么大碍,只是受到了巨大的精神冲击,有可能发展成创伤后应激障碍。根据医生的判断,由加里暂时住院治疗。

绘里子与花形及山村又一起来到由加里的病房。

案发时她带在身边的衣服和物品按原样留在了房间里,但由加里无力收拾,只是失神地躺在床上。绘里子替她稍微收拾了一下。衣服都被撕得破破烂烂的。茫然自失的由加里目前还不能接受询问。

"樋口小姐……抓到犯人前会一直有警察在这里看守的,请放心。"

木元也跟了进来，却一脸怕麻烦的表情。

"拜托了。"绘里子叮嘱木元后离开了医院。

"有什么事就跟、跟我说吧。"

木元有些不知所措。本来就不擅长和人打交道，如今要和陌生人沟通，就更不知所措了。由加里看也不看战战兢兢的木元，没过一会儿就哭了起来。木元除了咬指甲，什么都做不了。

第二天，调查正式开始。绘里子首先以小野田组那边留下的调查资料为基础，和对策室全体成员一起了解现状。

白板上贴着五位迷人的读者模特，其中的受害者被贴成了一排。

第一件案子的受害人是世田谷区的佐藤美和，二十九岁。四月二十日晚上十点五分从健身房回家时，被一名戴面具的男子在停车场从背后以匕首威胁，戴上口球和手铐后施暴。

第二件案子发生在一周后的四月二十七日晚上十一点十分，受害人是在涉谷区的步道慢跑的小宫直美，二十九岁。同样是被戴面具的男子以匕首威胁，戴上口球和手铐后施暴。

第三件案子的受害人是樋口由加里，三十岁。第二件案子三天后的四月三十日，晚上七点二十分。从品牌新品发布会回来的路上，和护卫的警官同行，在离开警察视线的瞬间，被塞住嘴巴以匕首威胁，带到附近的公园，被戴上口球和手铐施暴。青山分局的井川巡警急忙四处搜寻，二十分钟后找到了受害者。

留下的证物是手铐和口球。没有检出指纹。目前三人都受了很大刺激，什么都说不出来，调查也因此停滞不前。

三人都是面向独身女性的女性杂志《佚闻》的五位人气读者模特之一。案件发生后，三人的照片上满是尚未痊愈的伤口。

"明明有人在旁边保护……罪犯越来越大胆了呢……"

片桐皱着眉。

这时，由加里所在的医院打来电话。由加里表示，希望将陪伴她的警察换成男性。

"肯定是被讨厌了，那张无精打采的脸。"

绘里子责备冷笑的岩井：

"不，也有些受害者不想和同性交流……明白了。山村能去替换吗？"

"……我？"绘里子出人意料的命令让山村吃了一惊。

"哎，反正是大叔，人畜无害，已经没法袭击人了吧。"

山村不情不愿地去了医院。

"岩井……讲话先在脑子里过一遍，这都什么时候了。"

嘴上总不消停的岩井受到了绘里子的严厉批评。

"岩井和花形负责调查三人的职场关系，以及以朋友圈为主的交友关系。还有，加强对剩下两人的警备。片桐到佐藤小姐和小宫小姐两位受害者那里去。"

绘里子向各位下达命令。

"……去问话吗？"片桐问绘里子。

"受害者受伤很深。请把对受害者的照顾放在第一位。"

绘里子和木元在案发现场会合。虽然是项沉重的任务，被换下来的木元却相当垂头丧气。

"我……好像被樋口小姐讨厌了……"

"她只是有点敏感。"

"所以说……我真的不适合当刑警啊，都被人讨厌了……"

木元立马背过身去。这性格还有救吗？绘里子叹了口气。

山村一到由加里的病房，就在花瓶里插上了花。病房因此显得更有生机了。由加里也似乎稍微镇定了一些，断断续续地讲出了事情的原委。

"虽说是读者模特，但我们其实是专属的。"

"这样啊。那时是在去品牌发布会的路上，对吧？"

"嗯……"

"听起来很华丽，真好啊。就是那样，手里拿着香槟和身边的人谈笑风生,对吧?啊,见过叶姐妹①吗?"

听到山村淳朴的话,由加里不由得笑了出来。

"啊……你笑了……"

"山村先生,您人真好……"

"不,没有的事……"

看到山村不好意思的样子,由加里的脸上终于现出微笑。

晚上,大家结束了各自的调查,回到对策室。

花形从《佚闻》编辑部的田中主编那儿拿到了恐吓信。四月十七日,由加里被袭击的三天前,恐吓信直接投进了公司的邮箱里。

> 区区一个读者模特,一副了不起的样子。我会让你们遭天谴。

恐吓信上是这么写的。

岩井了解到:四月十七日,虐待与受虐商店一次性卖出了五套手铐和口球,还拿到了录有购买男子的监控录像。而且,录像

---

① 日本艺人,出版过大胆写真集,由姐姐叶恭子掌镜,妹妹叶美香担任模特。

中的男子与小野田组正在调查的一位名叫三上宏明的男子是同一个人。

三上三十四岁，是模特常去的酒吧的店员。他对第一位被害者佐藤小姐纠缠不休，却一直遭拒，怀恨在心。四月二十五日之后就失去了踪迹。曾因兴奋剂事件被捕，是个十足的坏蛋。

绘里子和花形一起去三上的公寓寻找线索。绘里子对片桐说："时间到了，想回就回去吧。"

绘里子她们前脚出门，山村就后脚走了进来。

"我回来了，明天一大早再去。"

山村似乎心情很不错，哼着歌回到了自己的座位。

"大叔，飘飘然啊。"

"……春天到啦……"

"啊？已经是黄金周了啊。"

"这个……是樋口由加里小姐给我的，说让我尝一尝……"

山村从包里拿出一个放在证物袋里的苹果。

"哦哦，那就吃掉呗。"

"说什么傻话？当然要永久保存啊！"

山村那副着迷的模样让岩井惊呆了。

三上的公寓室内杂乱不堪，连落脚的地方都没有。

绘里子在架子上的明信片夹里翻找信件，为了了解他的人际关系。绘里子仔细搜寻，发现了一个印有樱花印章的信封。

"这是？"花形问。

"从监狱寄出的信都有樱花印章，看来是三上的狱友寄的。然而还是没有什么线索……"

花形翻来倒去，从里面的柜子找出了一副面具、两副手铐和两副口球。真相渐渐显露，绘里子更加确定了。

回程顺便探访了由加里所在的医院。虽然山村似乎干得不错，但绘里子自己也想露个脸。

"多亏了各位……有警察守在身边，安心多了。"

由加里对绘里子微笑道，精神似乎好了很多。

"案件已经有了眉目。我一定会将罪犯绳之以法。"

"……拜托了。"

两人坚定地对视。

然而，案件却迎来了无趣的终结。几天后，在东京都内的废弃工厂里发现了三上宏明的尸体。根据机动搜查队的汇报，三上已经死亡很久了。鉴证科在尸体旁边发现了注射器，死因是某种药物注射，而且似乎是自杀。在内侧的口袋里发现了遗书，电脑打印的纸条上写着如下的话：

是我干的。以死谢罪。

"自杀吗？唉，虽然不太解气，但好歹算是了结了。"
山村完全没听岩井的话，自顾自地发着呆。
"大叔，又在傻笑什么？又要去樋口小姐那儿了？"
"她果然……是喜欢……我的吧……"
"哈!?"岩井以为自己听错了。
"因为……她给了我这个，说要我扔掉……"
山村从包里拿出一个放在证物袋里的一次性纸杯。
"哇！好恶心！"
"要是能顺利出院，就会给我更多东西吧……"
"……不要紧吗？樋口小姐……和大叔……"
不顾岩井的担心，山村乐得都要手舞足蹈了。
"春天真的来了……"

绘里子认为案件还没解决，迅速在对策室召集了所有人。
"先从结论说起。三上宏明不是自杀，是他杀。"
大家都被这话震惊了。玲子在绘里子的催促下开始解释。
"三上死于静脉注射氯化钾而导致的急性中毒……但是手腕

和脚腕有被绳子捆绑的痕迹。也就是说,他是被捆住手脚强行静脉注射氯化钾,死亡后被扔在了小屋里。而且,据推测,三上死于四月二十五日或二十六日……第二个案件发生前。"

"恐怕……强奸犯另有其人。"

这是绘里子的见解。

"虽然使用了同样的道具,但第一件案子和另外两件所使用的犯罪手法并不同,看看这个就明白了。三件案子都使用了同样的道具,但是,请看。"

绘里子展示的照片上显示,只有第一件案子里佐藤美和的脖子上有伤痕。

"这表示犯人认为,就算让受害者受伤也无所谓。在犯罪过程中也一直用匕首抵着受害者的脖子。而另外两件案子的受害者则表示,犯人只在最初威胁的时候使用了匕首。还有,只有第一件案子的受害者被拳头打了很多次,恐怕在犯罪过程中也一直在被打。相比之下,另外两人只是被扇了巴掌,伤口也较浅。第一件案子明显是随心所欲的暴力犯罪,根据美国学者霍姆斯的分类,属于典型的虐待狂型,或者说是力量主张型行为。和三上的性格也相符。相比之下,另外两件案子中的受害者没有被过分伤害,是典型的力量确认型,甚至可以被分类为补偿型,和三上不相符……"

"也就是说，第一件案子的犯人与后两件案子的犯人不一样……"片桐眼里闪着光。

"第二个犯人假装成三上继续施暴……"

玲子喃喃自语。

"三上是被这个人杀的吗？"花形问。

"杀死三上，再把罪名推到他身上的连环犯罪吗？真有一套。"岩井感叹道。

"犯人应该是知道三上暴行的身边人，既有强奸的欲望，又对杀人没有抵触。"

按照绘里子的推理，一名嫌疑人进入了视野。

金田俊彦，二十二岁。这个男人是和三上就读于同一所中学的学弟，对三上的指令言听计从。片桐到金田打工的大田区印刷工厂仓库确认过，四月二十七日和三十日，后两件案子的案发日，以及推断三上被杀的二十五日后的两天内，金田都请了假。

绘里子她们到金田每天必经的步行街上盯梢。

安逸晴朗的午后。白领、老人等许多人都在悠闲地漫步，金田正从远方走来，是个看起来毫无锐气的、不起眼的男人。

"据说有时还会被喊到三上工作的酒吧，在女客面前进行羞辱的表演，而且昨天还在附近的录像店借了三部强奸类录像……"

就岩井的调查来看，金田无论干出什么事都合情合理。

"虽然表面上服从，肯定心里恨得咬牙切齿……就算杀了三上也不奇怪。"

打定主意的片桐催促岩井接近正在商店翻报纸的金田。

"是金田俊彦先生吧？我是警视厅特别犯罪对策室的片桐。"

片桐亮出警官证，金田虽然惊讶，却也表情平淡。

"关于三上宏明先生，我们有些事情想要问你……"

"三上先生……这是强制性的还是非强制性的？如果是非强制性的，我拒绝……"

金田强硬的态度让片桐和岩井很意外。

"哎呀，就是到那边喝杯茶聊一聊嘛。"

"然后把杯子上的唾液拿去检验基因吗？我对这种事很清楚的。"

对岩井的邀请也毫不理睬。相当难缠。

"为什么会怀疑我呢？要是有谁说了些莫名其妙的话，我就干掉他。"

金田阴笑着说。

到头来还是没能带走金田，片桐和岩井满怀挫败感回到了对策室。

"肯定是他……但是没有证据……"片桐不甘心地嘟囔。

"一副了不起的样子!"岩井气不打一处来。

"如果他拒绝非强制性审问,那就把他强行带走。木元,之前的文字鉴定结果如何?"

绘里子利落地指示下一个行动。

根据木元的鉴定,打印送往《佚闻》编辑部的恐吓信和三上的遗书的打印机,与三上平时使用的打印机是由同一家公司生产的。恐吓信、遗书、三上家的打印机打出的印刷品,乍看上去字体相同,完全没有区别。但用数码相机摄影后,恐吓信和遗书上的文字消失了。打印油墨分为颜料型和染料型,大部分染料型的油墨在红外线照相机下会消失。也就是说,这是由不同打印机打印出的信件。而且,恐吓信和遗书使用的油墨是金田打工的印刷厂所使用的罕见的油墨,金田曾经购买过。然而,其他人也在购买这种油墨,还不能成为决定性的证据。

找不到关键。所有人都焦躁不安,只有山村满脸笑容。

"喂?傻笑什么呢,儿啼爷①?"

岩井问正望着手账②傻笑的山村。

"这是我和樋口小姐的爱的回忆……"

---

① 此处为嘲讽。"儿啼爷"是日本阿波德岛地区认为的一种妖怪,传说当他哭泣时大地会震动。
② 用于记事的本子,也指在记事本子上拼贴贴图画以装饰记录生活。

仔细一看，手账密密麻麻写满了字。

"由加里小姐的家庭成员和出生地，从家里养的吉娃娃的名字到主要交易银行……在医院聊天时谈到的东西全都记下来了。哎呀，到同一家银行去开个户吧。"

在这种时候还如此漫不经心，岩井被山村气得不行。

绘里子犹豫不决地到参事官辅佐室去找野立。

"就算是我，也没法让检察长单凭这些就下逮捕令啊。要是什么都查不出来怎么办？"

野立罕见地露出了凝重的表情，然后加了一句：

"这样会让我吃亏吧？"

"现在不是开玩笑的时候！如果能搜查他家，肯定能找出什么证据来。"

都到了这种时候，野立还在开玩笑，绘里子极力争辩。

"所以说，现在还不到时候。如果什么都查不出来，对方又把这事捅到媒体那去，我们怎么办？警察就成了众矢之的啊。"

的确如此……绘里子突然清醒过来。

"绘里子……你激动过头了。"

野立突然严肃地说。

"对被害者和加害者都太投入了……你一向如此。"

被戳中要害，绘里子无话可说。

"总之,女人的直觉不可信。这是我的立场。"

"我明白,可……"

"给我拿出确实的证据来。"

在野立的反驳下,气血上涌的绘里子渐渐冷静下来。

然后,绘里子想出了一个计划。

让被害者辨认金田,一个极其危险的方法。

"最了解强奸犯的人是受害者。气味,声音,体格……如果能在近处接触犯人,肯定能认出来。"

"……话、话虽如此……"花形一脸阴沉。

"根据片桐提供的信息,犯人用香水。让受害人混在人流里与金田擦肩而过,在那一瞬间确认犯人的声音和气味。"

"等等!这太危险了。金田不是连打小报告的人都不会放过吗?"片桐反对说。

"什么!那可是被侵犯的受害者啊!要让她面对犯人吗?"

岩井也一脸严肃地反驳。

"……除此以外,没有其他办法了。"即便如此,绘里子的决心也毫不动摇。

"万一被袭击了怎么办?"岩井问。

"那就做好万全的准备,避免这种事发生。"

"不可能。不接近就没有意义,如果对方带了匕首……"

绘里子严厉地打断了片桐的话。

"没有别的办法了！"

所有人都被绘里子的魄力镇住了，却仍无法认同。

"简直不可理喻。"片桐显露出厌恶。

"为了逮捕罪犯而无视受害者的感情吗？你不是女人的战友吗？嗯？"

岩井也很失望。

"这是为了逮捕卑劣的犯人。"

"小宫小姐绝对不行，她还在住院。"片桐拒绝道。

"那就拜托樋口小姐吧。"

"你真是太差劲了……"岩井瞪了绘里子一眼。

对这次行动，小野田也不愿合作。

"为了业绩，竟然要做到这种地步吗？"

"这是为了受害者。"

"明明是为了自己的业绩。"

"拜托您了。"

从不在人前低头的绘里子，这天也在小野田面前低下了头。小野田感受到了绘里子的决意，却仍难以理解她的言行。

绘里子和山村一起去拜托由加里。由加里已经出院，三人在她所属的事务所会面。

"只得拜托您了。"

"但是……好害怕……我……"

"决不能放过'女人的敌人'。和我一起抓住犯人吧!"

由加里看了山村一眼。

"我、我也……一定好好保护您。"

山村一脸认真地鼓励由加里。由加里勉强同意参与行动。

几天后,对策室成员和由加里守在了金田经常路过的步行街。由加里很不安。

"来了!"

尾随金田的花形通过无线说。山村和由加里一起往前走。根据计划,他们向着金田的方向走去,由加里在擦肩而过的瞬间辨认金田是否是犯人。为了确保万无一失,绘里子、片桐、岩井、小野田在步行街两侧待命。绘里子位于离由加里最近的位置。

途中,片桐给金田的手机打了个电话。

"你好……我是警视厅的片桐……"

"啊……什么事?我已经说了,想找我问话就拿证据来。还有,你是从哪儿搞到我的号码?知道得真清楚啊。"

金田一如既往让人无从下手。

与此同时，金田和由加里的距离渐渐缩短。由加里怕得要命，连头都不敢抬，不假思索地抓住了山村的胳膊。

终于，金田和由加里擦肩而过。众人屏气凝神地守着。

由加里和金田肩膀相碰，又瞬间分开了。

绘里子紧紧盯着他们。

"没错……就是他。"

由加里对山村小声说。就在这时，有人抓住了由加里的手腕。回头一看，金田神色可怖地站在那里。

山村迅速擒拿金田。岩井和花形也一个接一个地压在倒地的金田身上。片桐则保护吓坏了的由加里。

"这个女人——杀了她！我要杀了她！"

金田不断大叫。

"紧急逮捕！"由小野田大声喊道。

金田被带往警视厅，由小野田负责调查。

"一直被那些女人嘲笑……被三上强迫着表演的时候……所以想把她们都干了……"

"三上也是你杀的吗？"

"他一脸得意地跟我炫耀他是怎么干的。所以只要杀掉他，我就能用同样的方法干了她们所有人，再把责任推到三上身上。"

金田毫无反省之色，反而像是在炫耀。小野田一脸心痛地看着他。

这天晚上,绘里子从野立那儿拿到了搜查令。

"你看,我是对的。"

"这次真是败给你了。"

"难道不是一直如此吗?"绘里子露出了胜利的微笑。

第二天,绘里子造访由加里。由加里已经完全恢复了精神,重新干起了模特的工作。由加里在有着巨大游泳池的酒店花园里拍照,一看到绘里子就神采奕奕地微笑起来。

绘里子等到摄影结束,邀请由加里去酒店的咖啡厅坐坐。

"非常感谢您的配合。"

"没什么……然后呢?"

"这样就有了确凿的证据,也拿到了搜查令。这样就能把包括手机在内的家中所有物品全部扣押了。"

"真是太好了……"

由加里放下心来,却被绘里子接下来的话吓得瞪圆了双眼。

"……是你的家。"

"……啊?为什么?"

"被搜查的不是金田的家,是你的家。利用三上和金田强奸其他模特的人是你。而且,指使金田杀死三上的人,也是你……"

"你……你在说什么啊？"由加里一脸不明就里。

"你看不惯同为模特的佐藤小姐和小宫小姐，于是就想到付钱给在酒吧相识的三上，让他施暴。你知道吗？如果搜查需要，警察是可以调查银行账户的。第一起案子里的佐藤小姐被袭击的第二天，一个假名往三上的账户里打了五十万，同时你的账户里少了五十万。然而，尝到甜头的三上继续找你要钱，于是你继续打给他。你觉得得寸进尺的三上越来越麻烦，就决定利用单恋你的金田杀掉三上。顺从的金田如你所说，杀了三上，袭击了小宫小姐。"

"你到底在说什么啊？我也是受害者啊。"

由加里的表情困窘地扭曲了。

"没错，你是特意成为受害者的，为了不让自己被怀疑。甚至让金田侵害自己。没错吧？"

"无稽之谈。你有什么证据？"

"昨天你和金田见面时我就确定了。"

说着，绘里子突然做出要打由加里的样子，举起了手。由加里猛地抬手反抗。

"你要干什么！"

"人在遇到危险的时候，身体会无意识地行动，就像刚才那样。昨天你被金田从后面抓住手腕的瞬间，手腕提前动了。你明明不应该知道来自后面的危险。"

"太搞笑了……"

由加里的表情变得阴险起来，和之前大方可爱的表情完全不同。

"然后，在金田被控制住后，你松了一口气。"

"……犯人被逮捕了，这样很自然吧。"

"在强奸案中，就算施暴者被控制住，只要出现在受害者面前，受害者就会一直处在恐惧中，无法安下心来。而且，金田在看到你的瞬间露出了惊恐的神色……强奸犯对受害者应该是有心理优势的，但那却是从属关系中仆人看到主人的神色。"

"强词夺理！"由加里激烈地否定。

"我一直在注意你，所以把你的指纹、唇纹……也就是嘴唇的纹路，还有掌纹和主要交易银行等等信息都搞到了手……"

山村从由加里那儿得到的东西都是证物。一旦从由加里那儿打听到主要交易银行，就立刻要求公开信息。

"即便如此，你还真是有心机呢。怎么都找不到证据……你绝对去过三上被害的废弃工厂，为了监视金田杀人。但是在废弃工厂里无论怎么找，也什么都没找到。"

"既然如此……"

"没在工厂里找到而已。"

"……啊？"

"看到废弃工厂时我确定了，不管是多么重要的事，你绝不会走进那么肮脏的地方。所以我的下属把废弃工厂的外面彻底搜查了一番。"

木元在彻底搜查工厂的周围之后，在灌木丛里找到了沾着口红印的烟头。

"在茂密的灌木丛里找烟头可是很辛苦的，从烟头上的唾沫和你在医院用的纸杯里检验出了相同的基因。不管怎样，往后的证据要多少有多少……你应该做梦都没想到自己的家会被搜查吧。"

由加里呆呆地听着绘里子的话，突然笑了出来。疯狂地笑。笑完后又现出了淡然的神情。

"因为啊，美和那家伙，在上一期杂志里比我整整多了两页呢。直美那家伙总是人气投票第一，我有什么办法呢？"

狠硬的表情。这就是由加里的真面目吧。

"啊……果然我的直觉是正确的。一开始见到你时，我就很讨厌你。呐……你是什么时候觉得不对劲的？"

"从一开始，在医院的时候。你是在从品牌新品发布会回来的路上被袭击的，但是，一般出席这种场合都会穿最新款的鞋子吧？但是，你穿的鞋子却是两年前的旧款，像是觉得就算被弄脏也没关系一样。"

案发当日，绘里子在医院整理由加里的衣服和物品时，就已经发现异常了。

"还有化妆包里的卸妆水……如果不是从一开始就知道会住院，又为什么要带这种东西呢？"

"不愧是……'女人的天敌是女人'啊……"

由加里像是破罐子破摔一样，拿出一根烟点着抽起来。

"不是这样的。"

绘里子掐灭了由加里手上的烟，然后定定地望着由加里。

"没有什么'女人的天敌是女人'，卑劣的罪犯的敌人是……我。请你记住。"

由加里没有避开绘里子的目光，而是露出了微笑。兴许是到了最后也不肯认输吧。

听说之后警视厅要来人，由加里拿出化妆包。

"等一下。会来很多媒体吧？我得补个妆。"

看着开始仔细补妆的由加里，绘里子心痛不已。

山村立了大功，岩井和花形都在表扬他。

"真没想到全都是装出来的，连我都被骗得严严实实。"

"是啊。假装迷上她，其实是在收集证据……"

"我不是说过吗？我是绝对不会相信头发浓密的男人和美貌的女人的。那种女人怎么可能看上我呢？你知道平时女人都是怎么看我的吗？是那种看到虫子的眼神。我在生物分类上，比起人类更接近苍蝇，该死！"

虽然被表扬了，山村却还是越来越愤慨。

"好了好了，别生气了，大叔，我还真有点喜欢上你了。"

"就是！从某种意义上来说真的很帅啊，山村先生！"

"烦死了！同情我就分我一点儿头发！"

山村歇斯底里地向岩井和花形的头发抓过去。

后来，岩井为了让山村换个心情，把山村和花形带去了自己常去的同性恋酒吧，然而被健壮的基佬包围的山村却越发自暴自弃了。

今天的工作已经结束。木元正要离开，却被绘里子叫住了。

"废弃小屋的烟头，干得漂亮。就是因为找到了那个，才让我满怀信心地继续调查。"

"我先走了。"

木元和往常一样冷淡地离开了房间。

"哟，脸色很阴沉啊。"

走廊里，野立在搭话。

"樋口由加里……她讨厌你是因为本能的恐惧，害怕被看出点儿什么……被犯人讨厌正是好刑警的证明……你很适合当刑警。"

木元不假思索地问鼓励她的野立：

"为什么大泽小姐没有告诉大家，她一开始就盯上樋口由加里了呢？"

"当领导的，不能把自己的想法全部说出来。既没有必要，又会招致多余的混乱……就算被误解也是如此。你过去的上司小玲子一定也是如此。"

"她过生日时，你真送了她一百朵玫瑰花？"

木元的吐槽让野立咳嗽起来：

"当领导的不多说废话……"

木元仍无法完全理解当领导的人的真意。不管怎样，开始学习当刑警……木元渐渐有了这样的心意，她买来几本搜查入门之类的书，开始研读。

绘里子离开对策室走进电梯，发现玲子也在里面。

"问个问题，可以吗？为什么要把木元真实调离科学搜查研究所？那小姑娘不是很优秀吗？"

"科学搜查光有科学是不行的……只有懂得人心，才能更好地去搜查。我想让她学习这个。"

"你还真是深谋远虑啊。"

"什么意思？"绘里子的话让玲子有些不快，"呐，我也问个问题可以吗？化妆之类的，你好好学过吗？"

"……啊？"

"今天的腮红有点儿重，还以为你从一大早上就在发烧呢。"

轻巧地反击后，玲子装模作样地走出电梯。绘里子呆了一瞬，也慌忙走出电梯，冲着玲子步态妖娆的背影怒吼：

"就是在发烧！这叫拉丁风！"

女人之间的战斗是烈焰。

夜幕降临。绘里子整理完杂务，准备回家，看到片桐也正打算回去。

"请加班，这是命令。你一直都在照顾她吧？"

被绘里子看透了行动，片桐一脸不爽地出了门。是不好意思吧？绘里子看着他露出了笑容。片桐直到现在仍会去受害者直美的病房照顾她，绘里子是知道的。

看到部下们都在一点点地变化，绘里子很开心。

那天晚上，绘里子和浩去居酒屋约会。

快到打烊的时间，浩起身去厕所，让绘里子从自己的包里拿出钱包付账。

"我来吧。"绘里子推让。

浩却回应说:"我来,我来。"

比绘里子年轻,收入又少,却还是不愿依靠绘里子,这让她很自豪。

绘里子在浩的包里找钱包,却发现了一个信封。信封上有樱花印章,那是在三上宏明家里看到过的、只有监狱发出的信件上才有的樱花印章。

案件 04

一天下午，特别犯罪对策室肩负着重要任务赶往现场。

绘里子和片桐、岩井、山村、花形、木元一起坐上押运车。新手上阵，每个人都无法掩饰紧张的心情。

木元的责任特别重大，她的表情比往日更暗淡。

"我觉得……我真的不适合这种事。"

木元对坐在旁边的绘里子说。

"一开始我也这么想，紧张得手都在发抖。但是……想做就能做好。如果是你，没什么好怕的。你身后……有我们在。万一失败了，我们大家伙儿都会赶上去帮你的。"

山村和花形都向木元鼓励地点了点头。

"我们是'团队'。请不要忘记这一点。"

绘里子在纽约生活过很长时间，"团队"的英文发音相当地道。

"可是，我真的……"

不适合啊……本想这么说，却被绘里子递来的御守①打断了。

"当然，我也会为你承担这份责任。"

木元终于决定咬牙一试。

---

① 日本人的护身符，平安符。

目的地是公民馆，面向小学低年级学生及其家长的"春季防盗宣传"会场。绘里子及对策室成员要在这里表演防盗小品。

野立和丹波身穿制服站在观众席墙边。丹波以向媒体宣传特别对策室为名目，把这项活儿派给了绘里子。拒绝的后果恐怕会很严重，绘里子无视野立的担忧，硬着头皮接受了这项任务。

身穿制服的绘里子率先戴上警视厅的吉祥物"哔啵君"的帽子。绘里子本来就高，戴上帽子后显得更高大了。

"小朋友们，你们好！"

绘里子手握麦克风，用前所未有的明亮可爱的声音向观众打招呼。

"你好！"孩子们大声回应。

"今天我们是来教大家如何'防盗'的。有一个小朋友马上就要出现了，请大家安安静静地好好看哦！"

"好！"

舞台上搭起了一间公寓起居室，还像模像样地立着一扇门。

收到花形的信号，木元从左侧登上舞台，黄帽子、白衬衣、大红背带裙，再加上圆圆的红脸蛋，打扮得像个樱桃小丸子，嘴里含着一个大大的棒棒糖。

"这是什么啊？""打扮得好奇怪！"看到木元出场，观众席上传来嘲笑的声音。

"大家都有一个人待在家里的时候吧。这时如果有不认识的叔叔来敲门,绝对不能开门哦。"

绘里子解说时,扮演小偷的山村从舞台右侧出现了,他的嘴巴周围涂成黑色,背着唐草纹的包袱皮。

"俺是贼,今天俺就要偷这家人的东西。"

小偷按响门铃。

"这位桃子小朋友,是绝对不能开门的。像这样从猫眼看出去,发现是不认识的人,就不要开门。"

然而,和计划不同,门不知为何自己开了。不知所措的木元直接把小偷请进了门。

"居然放进去了?"在一旁观看的丹波皱着眉问野立。

"当、当然了,这可是中情局探员啊。"野立不得已搪塞过去。

"呜哇哇哇哇!门开了我可就进去了,打劫啦!"山村没办法,即兴加了几句台词,但木元完全反应不过来。

"好、好吧!我是强盗,钱在哪儿?"

"在银行,都存在卡里了。"

"?!……有、有一手嘛。"

无厘头的转折出人意料地很受孩子们欢迎。

"剩下的我来。该你上了。"

片桐从花形那儿接下音效的工作，岩井和花形则扮演警官去逮捕山村。然而片桐选错了曲子，会场里流淌着诡异的音乐。孩子们又爆发出大笑。

花形激动之下，一不小心向山村开了一枪。山村瞬间从胸口扯出一块象征鲜血的红布，开始装死。相当有喜剧天分啊。

为了救场，岩井和花形开始不管不顾地乱加台词。

"……那帮人在干什么啊？"丹波的心情越来越差。

"为了处理突发案件，毕竟是中情局级别的啊。"野立拼命搪塞。

绘里子看不下去了，把木元叫到了舞台边上。

"我真的干不来。"

绘里子批评一脸无地自容的木元。

"你在搞什么啊？不行！"

"请让我回去。"

"说什么呢！你这是逃避工作，知道吗？"

"我当刑警不是为了干这种事的……"

"这也是工作！这种启蒙活动也是重要的工作啊！"

"……那也是剧本的一部分吗？"

丹波一脸不可思议地看着绘里子和木元的争执。

"当然了，以不可预测的转折吸引观众。"

野立的脸开始抽搐。然而，绘里子和木元的严肃对话还在继续。

"而且刑警本来就应该会演戏。"

"……本来我就不适合当刑警……"

"这不是适不适合的问题，这是工作态度的问题。"

"只干科学搜查不行吗？"

"我明白了。既然我说到这分儿上你都不明白，那就算了。明天开始你不用来了，在家里爱睡多久睡多久吧。"

绘里子终于发飙了。

"那我就先走了。"

木元也不认输，大步流星地穿过观众席回去了。

"回去了？"丹波已经惊呆了。

"案件已经解决。不愧是中情局级别，真是神速。"野立强颜欢笑。

舞台上，山村、岩井、花形的喜剧小品还在继续上演，终于和搞笑的音乐一起迎来了滑稽的结局。孩子们都很开心，但防盗知识恐怕是一点儿也没学到。

第二天早上，木元没有来上班。

今天休息。在我主动联络诸位之前，请不要来吵我。

"昨天老大跟她说，讨厌工作的话就待在家里睡觉好了……"花形一脸担忧地看着邮件。

"她故意的吗？真厉害啊。'我是专门搞科学搜查的，请把样品送过来，我在家干就行……'像这样吗？"

岩井模仿木元。

花形无论发邮件还是打电话都没人回，完全被无视了。

"啊——啊——这下又要惹她生气了，那个女魔头。"岩井叹了口气。

"太可怕了……被她吼一嗓子，我的汗毛都要竖起来了。"山村也牢骚满腹。

山村他们背着绘里子讲了几句坏话，却没注意到绘里子正从后面看着他们。

"出现了！"

花形发现了绘里子，大叫一声。

"什么叫出现了啊？这什么啊？毫无理由就请假了？"

绘里子在自己的电脑上看到了木元的邮件，面露愠色，立马给木元打了个电话，却没打通，话筒里机械的声音重复道："您拨打的用户暂时无法接通。"

"果然是翘班。因为昨天的小品,不想来这里了。"

片桐同情地说。

"想被炒鱿鱼吧!抛下工作不来上班……哪有成年人该有的样子?岂有此理!"

绘里子气得发疯,立马去找野立商量。

"太不能忍了!发封邮件就算请假了!打电话还不接!简直是把工作当儿戏,我手下不需要没有职业精神的人!"

"……不行。"

"为什么?让她留在对策室有什么好处?科学调查能力强?"

"长得可爱。"

"哈!?这就是理由!?"

"嗯啊,留在对策室,我就能时不时跑去看她了。"

"就因为这个理由!?"

"这就是所谓人事。"

"你这是什么歪理啊!?"

"总之,炒掉真小实绝对不行。我说不行就不行,如果一定要炒掉谁……那就炒掉山村先生吧。"

"哈!?"

"如果是他,我就批准,反正我已经玩他玩得不想玩了。"

"你真的太恶心了！"

"玩弄下属的人生，这才是当上司的乐趣所在。"

藏在资料室偷听两人交谈的山村被突如其来的对话吓呆了。

"山村先生和这件事又没关系，为什么要炒掉他啊！"

"这就是命。山小村适合遭殃，长着一张要遭殃的脸。"

"别开玩笑了！"

"总之！真小实不行，绝对不行。如果真小实出了什么事……"

"怎、怎样？"

"山小村就再也用不着生发剂了。"

"你、你要对山村先生干什么？"

山村面色苍白地听完两人的对话，一逃出资料室，就立刻跑去向岩井汇报。

"如果木元小姐不来，我们之中的某个人就要被炒。所以必须想办法让她来上班……"

自己要被炒鱿鱼却没有说出口。

"他们在干什么啊！？莫名其妙！"

"连带责任啊！野立参事官辅佐太可怕了……"

为警示众人而解雇。

对策室还在为刚出现的谣言而战战兢兢，就传来了案发的消息。

一名年轻男子于涉谷区平和台三丁目被杀。

受害者是年龄在二十岁到三十岁之间的男性，头部和腹部被点二二口径①子弹击中身亡，推测死亡时间为今天凌晨一点至两点。随身物品被洗劫一空，没有留下任何能判断身份的东西。目前正在推断受害者的身份。

绘里子率队赶往现场。

"用枪，意味着是外籍人士犯罪吗？一般的盗贼很少用枪吧？"

片桐问绘里子。

"谁知道呢……"

为了找出线索，绘里子仔细查看犯罪现场。

"流氓掐架而已。"

小野田带着川野和森出现了。

"所用的手枪是从菲律宾流出的，黑帮经常用。这案子好像还不至于要让对策室的诸位操心吧……"

"要不要，还得由我们说了算……"

绘里子微微一笑，小野田冷笑一声，瞟了旁边的片桐一眼。

---

① 此处为国外汽枪口径，点 22 指是英寸，约合 5.588 毫米，归入小口径手枪。

"已经完全习惯跟在女人后面跑了啊。"川野一脸厌恶。

"真是的……"森也附和小野田和川野表示反感。

这时,绘里子发现现场的血迹似乎有蹊跷。

山村从案发现场归来,去科学搜查研究所检验现场车胎印记所属的车型,还带上了玲子最爱的泡芙。

"听说木元这家伙翘班了?连你们上司也冲我发了通火。那人的脾气真暴躁啊……"

"恐怕比土佐犬还厉害。"

"那小姑娘还是没变呢。"

玲子意味深长地喃喃自语。

傍晚,绘里子在对策室召集全员汇报现状。受害者的身份依旧不明。不过,片桐查出杀人使用的枪支是托卡列夫点三〇口径手枪。①

"另外还在受害者的衣服上发现了这些。"

片桐拿出沾满血迹的衣服的照片和放在证物袋里的纸屑。

"这些纸屑上沾了少许氯酸离子,也就是说……这是爆竹。

---

① 前苏联制著名轻武器之一。

同时，从上衣的纤维中检测出了蔗糖和单宁……也就是香槟。应该是派对之类的吧？还有，手指甲上沾有石油溶剂和荧光树脂，用紫外线一照……"

手指甲上出现了"入场"的字样。"应该是夜店入场券的标识。"玲子说。

"挨户调查一下东京市内五月六日晚上开过派对的夜店。"

大家在绘里子的命令下出动之后，绘里子从玲子那儿听说了受害者的详细情况。

遗体的眼部有些许捆绑过的痕迹，还检出了亚麻纤维。也就是说，犯人用毛巾遮住受害者眼部后，枪杀了受害者。

"这是行刑，不是抢劫。有可能是虐待型快乐杀人。"

绘里子如此断定。但信息还不够，必须继续调查受害者的身份。绘里子看着白板上的现场血迹照片，有一个地方让她很在意。

那天晚上，调查结束的山村、岩井和花形开始搜寻木元的行踪。山村先往木元家打了个电话，却仍是无人接听。

"木元小姐……你的手机打不通，所以打了家里的电话。在家的话，能接一下电话吗？这么干对谁都没好处。我……要是一直这样下去，就要替代你被炒鱿鱼了。虽然不知道为什么会变成这样……怎么办呢……我现在有个喜欢的人……她在锦系町的酒吧工作，去那里还挺花钱的……我现在手头很紧啊……银行卡都被冻结了……再这样下去，连电费都交不出了……"

山村说着说着激动起来。

"木元小姐……拜托了！借我点钱吧！"

"偏题了！你都在扯什么鬼啊！"

岩井敲了一下山村的头。

接下来轮到花形打电话。

"木元小姐……为什么要这么做呢……让大家掉眼泪……让父母掉眼泪……你在干什么啊？"

花形以让人为难的沉重语气开头，却突然变了口气：

"啊？你倒是给我吱一声啊？你这家伙在小瞧樱田门吗？"

"性格怎么变了！"

岩井敲着花形的头惊讶地说。

"原来还有这一面啊。"

无视三人的滑稽行为，绘里子仍在另一间房里看着白板上的照片。

这时，响起了尖锐的铃声。

又出现了杀人案。

赶往现场，发现鉴证科、小野田、川野和森已经到了。

看到尸体，绘里子他们浑身冰凉。

一个年轻男子被倒吊在树上。

犯人打穿了他的腹部和头部，还把尸体吊到了树上。

绘里子搜查附近，发现尸体旁用血写着一个"4"字。

第二天，绘里子在对策室听取下属的调查结果。

受害者推测年龄在二十岁至三十岁之间，头部与腹部被手枪打穿。这一次也没能找到证明身份的东西。

目前正在调查撞上受害者自行车的汽车留下的车胎痕迹，以及粘在受害者自行车上的汽车涂料碎片，还有现场附近十字路口的监控录像。

同样是枪击案，调查弹壳痕迹却发现和第一件案子中使用的手枪不一样。

"也就是说，犯人不是同一个？"

花形问，但绘里子确信犯人是同一个，她向大家展示了在两个现场拍下的血迹照片。

将第一件案子的现场血痕照片旋转，也能看出"4"的字样。

"犯人留下了和第一次杀人时同样的信息……犯人相同。"

"先是遮住眼睛，现在又是吊在树上……是快乐杀人吗？"片桐问。

"如果是快乐杀人，就不会在这种地方下手，冒着被人发现的风险把死者吊到树上。而且，还有这个数字'4'，这一类型的快乐杀人犯是不会留下信息的。这是杀人报仇。"

绘里子推测得出的犯人侧写如下：

犯人在严密计划后实施杀人，预先想好掩盖证据的方法，再予以施行。另外，绳子的磨痕都朝同一个方向，可以看出犯人用很大的力气一口气把犯人吊到了树上。为了把六十五公斤的人一口气吊上树，必须能持续使出一百公斤以上的力量。由上可推断出，犯人是进行高强度健身、体格结实、有一定社会地位且文化水平较高的二十岁至三十岁男性。

"数字'4'是什么意思？"

片桐问。

"第二次比第一次更为熟稔，手法也在升级……继续犯罪的可能性很大……"

众人都屏住呼吸。

恐怕"4"的含义是……要杀四个人。也就是说，还剩下两人没杀。必须防范于未然。

众人各自散去，开始搜查。

绘里子在走廊上被山村追上。

"那个……关于木元小姐的事……"

"木元？现在不是说这个的时候吧。"

但山村认真地说了下去：

"我联系了她的父母，想着家里电话没人接是不是回老家了……结果一打电话就谈了三个小时……哈哈哈。"

意识到绘里子责备的眼神，山村慌忙言归正传：

"请听我说。她的父母也很担心，她直到中学都在参加女童军，应该是个开朗的孩子。但是……"

听到这里，绘里子冷静地打断了他的话：

"够了。下属的事是我自己的问题，你就集中精力工作吧。"

搜查过程一波三折。由涂料查出车型是奥尼尔G3，一年前的款式。片桐根据这一信息彻底搜查了这一型号的车，最终找到一家租车店，却发现嫌犯是以流浪汉的名义租的车。线索就此断绝。

与此同时，岩井在夜店查出了两位受害人的身份。

两人分别叫久保直哉和武田弘之，常常一起去夜店。由于在夜店里态度恶劣，已经被店家拒之门外。

另外，久保和武田还经常和一个名叫德大寺悠人的男人结伴。

还有，这三人在五年前曾卷进一起杀人案。"青少年团伙私

刑杀人 十八岁少年身亡"，五年前的这一新闻曾经在报纸上占了很大版面。

五年前，不良少年团伙曾以"看不惯他的脸"为由，将少年监禁在一处隐蔽的废墟并殴打折磨致死。当年，久保直哉、武田弘之、德大寺悠人……这三人曾被逮捕，各自在少管所待了两年后被放了出来。

"复仇……的可能性很高……"绘里子想。

"岩井，去调查那个德大寺先生的消息。十万火急！"

"哦！"岩井飞奔而去。

根据花形的调查，被私刑杀死的江川先生来自母子单亲家庭。母亲三年前也病逝了，只剩下一位兄长，江川有树先生，二十九岁。

是这位哥哥干的吗？杀死弟弟的犯人只被关了两年就放了出来，现在还在游手好闲地鬼混。作为杀人动机是足够了。

"这方面就交给小野田组好了。你们的任务是竭尽全力保护被盯上的人。"

绘里子同意了野立的提案。

然而，绘里子还是有件事没想通。

如果仅仅是为了报仇，犯罪手法有些过于细致了。还有，留在现场的数字"4"和杀死弟弟的三个人不相符。

还有一个人是谁呢？

"总之，先保护好已经确定的德大寺先生！"

绘里子果决地向大家下达命令。

根据小野田组的调查，江川有树半年前从工作多年的公司辞职了，此后就失去了联系，也很久没回公寓了。

"……是他没错。"

小野田对绘里子说。

"明白了。我这边也……"

绘里子刚说出口的话被小野田打断了："没必要。江川由我们这边负责。比起这个，你们那有个小年轻翘班吧。是不是忙不过来？"

小野田还提起木元。

"什么样的领导带出什么样的下属。"

"先告辞了。"

绘里子无视小野田的反感，离开了。

这时，岩井打来电话。德大寺的住处找到了。

片桐紧接着也汇报了消息。

"找到第四个人了！江川私刑案里还有一个负责望风的男人！大野茂，二十二岁。这人当时在法院被江川有树打了一顿。"

片桐和花形赶往大野所在的杉并区，绘里子去和岩井会合。

然而赶到德大寺的公寓时，为时已晚，他已经惨死在家中。德大寺被枪杀，尸体被被子包裹，躺在地板上，墙上满是血迹，还有巨大的血字"4"。

片桐和花形对正在遛狗的大野展开保护。

没能将第三件杀人案防范于未然，绘里子受到了丹波的严厉批评。

"至少要保护好最后一个人。这样下去，警视厅的威信往哪儿放？一定要防范下一次犯罪！"

绘里子心里默念"比起警视厅的威信，人命不是更重要吗？"然而，第三个人被杀也有自己的责任。不想再见到新的案件发生了。

此时，山村来到了木元的公寓。按响门锁的呼叫铃，却没人应门。没办法，只好打道回府，路上却发现背包和背带又分家了，急忙回头去找，却"咔"地一声踩到了什么东西。低头一看，是个看着眼熟的棒棒糖，和木元在防盗剧里舔的棒棒糖很像。山村心想大事不好，赶紧找来科学搜查研究所的玲子。

根据小野田的调查，江川有树是无辜的。经过大使馆确认，他半年前辞职后去了澳大利亚。

那么，犯人究竟是谁呢？

调查绕了一圈，又回到原点。

这回，绘里子开始检索五年前的报纸，指望能找到些线索。三人本是高中同学，注意到了在游戏机厅玩的江川次晴，找理由把他带到游戏机厅后打了一顿。江川身上只有几百日元，让他们很不爽，就把江川带到了同伙发现的隐蔽废墟处，绑住手脚，监禁起来。

他们对他拳打脚踢，还拍下照片传到网上。然而，辖区接到报案的高见分局却认为是恶作剧而没有出警，导致江川被殴打致死。少年A、B、C将江川的遗体带到高楼顶上抛下，伪装成自杀，没过多久就败露了，随之被逮捕。当时，警察的处理受到了公众的非议。

绘里子看完新闻，抬起头来。

"警察的处理受到了公众的非议……"

然后，看了看白板上的各种照片，目光停留在现场留下的数字"4"上。

"难道说……"绘里子脑海中闪过一个念头，不假思索地站起身来。

这时，门开了，山村和玲子面无血色地冲了进来。

"花形先生！赶紧调查一下之前木元小姐发来的邮件！"

玲子一说，花形慌忙冲向电脑。

"木元小姐……不是翘班！她是被绑架了！"

山村此言一出，对策室的气氛立刻紧张起来。

"自那次小品以来，木元就没有回过家……山村先生在木元家附近发现了奇怪的轮胎印。再近一点，发现了之前的棒棒糖。调查发现轮胎印来自奥尼尔G3，是之前的连环杀人中使用的汽车的轮胎痕。血痕……是木元的！"

杀人案和木元失踪一事联系起来了。可是，为什么呢？

"犯人的目的是为私刑杀人报仇。也就是说，他也痛恨无动于衷地放任江川被杀的警察。'第四个人'是……'警察'。"

片桐接着绘里子的话问：

"所以木元就！？"

绘里子苦涩地点了点头。

"又来了一封邮件！地址好奇怪……"

花形点开链接，看到阴暗的空间里有一个玻璃水槽，木元被困在其中。

木元手脚被绑住，正在拼命挣扎。

似乎是现场直播，一定是犯人发来的。对策室不寒而栗。绘里子他们只能看着木元忍受痛苦，却什么也做不了。

这时，水开始涌向木元的脚边。

"快让技术科查出这个网址!"

花形冲了出去。

在这期间,水槽里的水渐渐上涨。

木元一脸恐惧地用身体撞击水槽的玻璃壁,却什么用也没有。

"这个网址是从国外的服务器转过来的,查不出来源!"

花形的汇报让绘里子很丧气。

不一会儿,水就已经淹到了木元身高的一半。

"啊……"花形绝望地喊。

这时,画面前突然出现了一个男人的身影。阴影中看不清他的脸,但能看出是个长发年轻人。男人用手枪对准摄像头。

瞬间,影像消失了。

"录下来了吧?"

绘里子向片桐确认。

"正在分析。肯定有线索。花形,快去申请带枪出警的许可!奈良桥先生,分析木元手机传来的微弱电波!"

留在对策室的绘里子、片桐和岩井开始重播录像,仔细检查。岩井心焦气躁。"冷静下来!"绘里子责备道。

片桐说话了。

"看起来是个废弃的地方……那不是旧无影灯吗。"

仔细一看，能看见阴影中有个好像无影灯的东西。似乎是一间废弃的医院。

"通过手机的微弱信号查出了所在地。是南多摩郡下山！"

山村冲了进来。

片桐用电脑一查，在该地区内发现了一所废弃的纪念医院。

绘里子他们飞速驱车赶往医院。

"太奇怪了……这么简单就查到了……"

绘里子感到很可疑。

到达废墟，众人分成岩井和片桐、绘里子与山村及花形两组展开搜索。所有人都带着手枪和手电筒。

终于，他们找到了。房间里的水槽发出着白莹莹的光，正是出现在影像里的房间。

水槽里灌满了水，一个人影浮在其中。

木元！

众人慌忙跑过去，却发现那是一个人偶。

人偶身上的白T恤上写着红色的数字"5"。

案件 05

绘里子他们迅速从废弃医院返回警视厅。

"没事的……"

穿过走廊往特别犯罪对策室赶,绘里子像是在给自己打气般语气坚决地自言自语。

"留下那种信息,说明犯人还要利用木元。而且……那小姑娘很倔强,连我都敢反抗,肯定……不会随随便便就死掉。"

与绘里子并肩而行的片桐也抱着同样的想法。

回到对策室,大家再次列出全部证据,思考犯人的身份。然而,数字由4变成5,其中的含义令人费解。留在现场的木元的手机也没有引人注目的通话记录。对策室全员都心情复杂地望着白板上标着"受害者·木元真实"的照片。

这时,野立慌慌张张地跑了进来。

"能用一下电脑吗?"说着,自顾自地敲打起键盘。

野立打开的画面显示出被绑在椅子上的木元。

场所和上次的不一样。巨大的窗户外面,能看到葱郁的树木。木元就在窗前,手被绑在前面,脚被铁链锁在椅子上。

木元疲惫地垂着头。

  这是现场直播。警视厅的刑警被绑架了,警察连这个女孩都救不了。

电脑画面上循环播放着如上字幕。

木元的影像被放在了网上进行现场直播。影像转眼之间就在整个日本传播开来，受到全社会的关注。询问电话打爆了警视厅。

绘里子立刻被叫去刑事部长室。

"丢人丢到家了……"

绘里子责备气不打一处来的丹波：

"现在不是谈这种问题的时候……"

"那该谈什么？嗯？"

然而，丹波严厉地打断了她的话。

"够了。剩下的交给特殊犯搜查班①、特殊组和小野田组就行了。打到对策室的电话全部转接到这里来。"

"你在开玩笑吗？是我们的木元被绑架了！"

"所以说啊！下属被绑架了！天大的笑话！怎么可能让你们这号人去查案呢！"

"而且绑架案这类犯罪非常特殊。你也知道，除了专业的特殊犯搜查班以外，别人是处理不了的。人命关天啊！木元小姐要

---

① 保卫日本治安特殊犯搜查班，简称 SIT，一般设置在各都道府县警察本部刑事部搜查一课，负责对绑架、挟持人质等案件的搜查。

是出了什么事，你负得起这个责任吗？"

犀田像是立了大功般指责绘里子。

"你准备好辞职信给我等着吧。"

丹波正要大发雷霆，电脑突然响起提示音。

电脑画面分成两半，分别显示被叫方的图标和犯人的影像。

"怎么样，这画面不错吧？对策室室长……大泽……小姐？"

传来一个年轻男子的声音，应该就是在废弃医院的影像中出现了一瞬的男子。

"……你是谁？"绘里子问。

"让世间知晓警察无能的正义使者……大概只能这样说。"

男子轻声笑着说。

小野田习惯性地想向通讯公司申请追查主叫方，但网络电话无法追查。小野田慌忙去联系技术科。

"……你是谁？"

绘里子假装冷静地问，但对方没有回应，只是自说自话。

"我看了你们的猴把戏，所谓的防盗宣传。你们在干什么啊？花纳税人的钱，都在玩什么啊？"

"你是谁？为什么要针对我的下属？"

"特别犯罪对策室是为了应付媒体而配置的吧？所以说，抓到其中一人应该是最吸引眼球的。还有……摆着警察的架子到处玩，你们这些人……不可饶恕。"

"'5'是什么意思？"

"自己想想看？"

"木元平安吗？"

"看画面就知道了吧？我还没杀她。"

"让我听听她的声音！"

然而绘里子听不到木元的声音。

"她不想说话。"

"你的目的是？"

"……准备五亿日元。"

"'5'是五亿日元的5？"

"嗯，差不多吧。还有，由你的人负责交货。绑架案由特殊小组负责，对吧？我对警察很了解，一发现特殊小组搞小动作，我就杀了她。五亿日元，三小时以内准备好。我还会再打电话。"

"等等！"

绘里子还想把对话拖下去，男子却冷漠地放了最后一句话：

"有种就来抓我。"

画面啪地一下消失了。

这通电话也来自国外的服务器，查不出发信源头。

"指挥权交给大泽。刚才的话都听到了吧？受害人的处境极其危险。考虑到木元的情况，实在是万不得已。"

野立向丹波提出建议，但丹波和屋田都不愿接受。

"人命关天。木元要是出了什么事，你负得了责任吗？"

这下野立无话可说。

"绑架案的搜查很特殊，不是特殊搜查班就……"

野立毅然打断了小野田的意见。

"大泽在美国学过特殊搜查，因此才组建了特别犯罪对策室。她一定会平安救出人质，逮捕犯人，比特殊搜查班还迅速。"

野立瞟了绘里子一眼。

为了回应野立，绘里子也口气强硬地拜托丹波：

"请确保一定规模的人手。准备好调查犯人的小组和负责追踪的摩托车部队。还有，联系刑事总务科，准备好现金。余下的指示随后发出。"

赎金的准备，由小野田组负责。

首要任务是查出囚禁木元的地方。

从废弃医院离开后，不到三个小时就重新在网上出现，说明新的囚禁处在三小时车程范围内。然而，这个范围覆盖了整个关东，扩展到栃木、茨城、群马、长野以及静冈。对策室全体成员都没了主意。

绘里子和玲子一起尝试从电脑画面中寻找线索。

"山村先生，去调查一下木元的朋友圈子，不排除罪犯是她认识的人这一可能性。岩井去查私刑杀人时向警察报案的人。片桐去查被杀的三人周围的人。花形用专门软件筛选网上留言和报案电话。"

"让我当客服吗？"

花形对绘里子分配的任务有些不满。

"不是。收集某种信息时，出现数量最多的信息，最有可能是正确的……也就是利用斯洛维基的'集体共识'法则。"

"原来如此。"

花形虽然不太懂，却还是接受了，立马钻进对策室的小房间里开始筛选网上留言。但大部分留言都是毫无责任的谣言，根本找不到有用的信息。花形不禁开始焦虑。

这时，在囚禁处，木元和男子正在交谈。

"……你为什么要做这种事？"

"因为我讨厌警察，也讨厌刑警。"

"其实我也讨厌……"

意料之外的话让男子目不转睛地看着木元。

"你这人真有意思……杀掉太可惜了。"

男子冷笑一声，又马上严肃起来，拿起枪将激光准星对准木元。木元缩起身子。

男子和木元似乎在对话，能在现场直播里看到。

绘里子注视着画面，却还是一如既往地看不到犯人的脸，也不知道两人究竟在谈些什么。

"该死，明明可以看到外面……"

山村懊恼地嘟囔。

"虽然能看到外面的景色，要确定具体位置却非常困难。犯人很清楚这一点。"

根据玲子的推测，犯人特意选择了有窗户的房间。

"看起来能逃掉，实际上却逃不了……恐怕是为了增加绝望感吧。最可怕的是……绝望会消耗木元的气力。这也是犯人的目的。"

绘里子推测着现在不知在何方的木元的心理状况。

这时，绘里子桌上的电脑响起提示音，是犯人。

"大泽室长，你那边也把摄像头打开吧，难得的机会，让我看看你的脸可好？"

"让我听听木元的声音……"

绘里子单刀直入地讲重点。

但话还没说完，就传来巨大的枪声。子弹擦着木元的脸飞过。

"让你开你就开，赶紧的！否则我现在就杀了她。"

犯人的声音开始发狂。绘里子慌忙把摄像头连上电脑，显示出自己的脸。

"诶，是个美女嘛。"

"常有人这么说。"

绘里子平静地应对。不能屈服于对手的威胁。男子对绘里子的反应冷笑一声。

"我说……该怎么称呼你呢？"

"谈判技巧一：问出交涉对象的名字，不断重复，以拉近和犯人间的关系。果然很肤浅啊……"

对方看穿了自己的技巧。既然如此，绘里子决定不再白费工夫，重新提出要求。

"让我看看木元。"

摄像头显示出筋疲力尽垂着头的木元，又迅速回到原位。

"那么，钱呢？"

"等等！让我听听她的声音，确认她没事，我们才好安心筹钱。"

"谈判技巧二：不能对犯人的要求照单全收，最好能提出交换条件，转守为攻……"

不好惹的男人。然而，他再次把摄像头转向木元。

"算了。就当是大甩卖，看吧。"

"木元！没事吧？受伤了吗？"

绘里子大叫道。

"……我没事。"

木元小声说。

"不要放弃。我们整个'团队'都在你身边。"

绘里子坚定地说。

"就因为你们这种团队，所以她才担心啊。那么，钱呢？"

男子一边笑一边把摄像头转回来，向绘里子催钱。

"等等嘛。五亿日元这么大笔钱，哪能一下子就筹到？"

"那你们能搞到多少？"

"……一亿就已经竭尽全力了。没时间啊，通融一下吧。"

"一口气砍了四亿日元。"

男子开了个玩笑，似乎接受了一亿日元的议价。

"浅草雷门前。一小时后。迟到一分钟我就杀掉她。"

画面被粗鲁地关掉了。

总之，能确认木元平安已经很不错了。

犯人话很多，而最危险的是沉默，话多的犯人是不会立刻行动的，绘里子如此推测。

"但是木元的声纹……声带相当紧张,说明她压力很大,和毫无压力的犯人完全相反。木元在精神上已经被打败了,不赶快救出去就危险了……"

玲子表情严肃。

绘里子重放和犯人交涉的录像,注意到画面旁边有不自然的噪点。

根据玲子的分析,这是画面被强烈的电磁波扰乱所造成的。画面的噪点很有规律,说明扰乱画面的不是发出不规则电磁波的手机信号站。恐怕附近有高压线或变电站。他们于是在推测范围内搜索变电站,但数量过多,无法确定。

这时,片桐打来电话。

参与私刑杀人的三人在学校里都是问题学生。片桐说,好多人都证实说曾经被他们欺负过。

岩井去高见分局请求调查通话记录。然而,工作人员东扯西拉地不愿意合作。

"坏事出在你们头上,所以你们不愿意提,是吧?"

"都说了主管不在,请改日再来……"

"同事的命就靠这个了!别在那里跟我胡扯!"

正当岩井义愤填膺的时候,野立悄然而至。

"好了好了,冷静点。小松在吗?局长松田先生。我们这里的年轻人性子比较急。麻烦你跟松田先生说一声，拿给我们可以吗？就说是警视厅的野立拜托的。"

野立既是参事官辅佐，又用"小松"这样的诨名称呼局长，让工作人员无言以对。野立微微一笑，拍了拍岩井的肩。对着旁边的女警笑了笑，飒爽地走了出去。

"好帅……"女警们一直盯着他的背影。

"好想被他抱一抱……"岩井也不禁心头一动。

和犯人通话后过了一小时，小野田组赶到浅草雷门前。川野拎着铝制箱子站在雷门前，小野田和森在附近待命。

没过一会儿，川野的手机响了。

"我是犯人。抱歉，能稍微往右走一点吗？"

川野半信半疑地按照犯人的要求移动。

"啊，稍微走过了一点。左，左。再往右点。对对，就是那儿……"

这个人身上带着一亿日元。大家赶紧分掉吧！

看来浅草附近也设置了摄像头，和发布木元的视频时一样，这段视频也迅速在网上扩散开来，看热闹的人纷纷聚集在浅草寺前拍照发信息。被犯人摆了一道,小野田的表情更严肃了。

犯人根本没有打算来取那一亿日元。

"犯人此前杀人时并没有劫财,还自己准备了好几把枪,花了不少钱。他的目的是报仇,不是钱。赎金,要么是为了争取时间,要么是为了戏弄警察……把木元放进水槽也是为了把我们引到那边去。嘲笑警察,以此为乐。"

如果是为了复仇,那么木元的生命就很危险了。

这时,花形小跑着从小房间里出来了。

"有一千零三十八条留言和电话记录说,从视频里的窗户能看出那栋建筑在神奈川的高仓山!"

范围渐渐缩小,但还是没有决定性的答案。时间不多了。绘里子满脸焦急。

"木元小姐……渐渐地连动都不动了呢……"

花形看着视频,一脸担忧。

"之前还差点淹死了啊……可能已经没力气了……"

玲子的脸上也阴云密布。

绘里子他们正在担心,丹波又打电话来找茬。

"怎么搞的?找到受害人了吗?你们在干什么?两小时之内给我结果。否则我就让特殊搜查班上!明白了吗?"

歇斯底里地说完了想说的话，丹波挂上电话。

紧接着是犯人的电话。

"你们这些警察在搞什么？怎么还不来？老大不来可就没意思了。"

"我得守在这儿啊，万一你想听我的声音怎么办……"

"你这人真有意思。"

犯人不喜欢机械的应对，似乎很中意绘里子的反应。

"你操作电脑很熟练啊，这个视频你是怎么弄的？"

"尽量讲和案件无关的事，以使对方就范……但这不是交涉初期的伎俩吗？现在用晚了点吧？"

"那么我就单刀直入地问了。你和被杀的江川先生是什么关系？"

绘里子看了玲子一眼。玲子转向检查声纹的设备。

"这又是什么？调查我的来历？还停留在那个阶段吗？"

"你也加入了少年棒球联盟？"

"你离拯救人质还差很远啊。"

"那就是一起打工时认识的？"

"谁知道呢。"

"小学、初中或高中曾经同学过？"

"……不……"

短暂的沉默。玲子没有漏掉设备得出的结果。

绘里子还打算继续问下去，枪声又响了。子弹从木元脚边弹开。

"够了……我挂了。"

"等等。我代替她当人质怎么样？你是想要嘲弄警视厅的对策室，对吧？那让我这个室长做人质岂不更好？这小姑娘是刚刚调过来的，还算不上真正的刑警，说白了只是来打打杂而已。让这种人当人质也没什么意思吧？"

犯人看着木元，捂着嘴笑了起来。

"我也……觉得是这样……"

"对吧？在哪儿我都去，不带武器。"

"不，不必了。没时间了。到早上为止，早上还找不到，这女的就死定了。我只告诉你们这个。"

"等等。让我和木元说句话！"

绘里子对木元大喊：

"我们都在你身边！不要忘记！"

电话被冷酷地挂断了。木元究竟有没有听到绘里子的声音呢？

男子挂断电话，向木元走去。木元吓得缩起身子。

"看来你也是个没用的渣渣……和我一样呢……"

木元发觉喃喃自语的男子看上去有些寂寞。

"压力指数上升了。小学、初中或高中曾经当过同学！"

玲子肯定地说。

绘里子给片桐打电话，让他查出江川先生的小学、初中与高中同学。

这时，岩井带回了从高见分局拿到的当年的报案录音，以及网上流传的私刑杀人图片。玲子去小房间做分析。

"但是，私刑杀人的报警电话是匿名的，不知道报案人是谁。"

"调查了木元周围的人……但与其说是有人恨她……更像是初中和高中一直在被欺负啊……果然以前就是个奇怪的人……对普通的事情没兴趣……只喜欢理科，冷冰冰的……但是，长大之后，这些都是个性啊。"

山村不知从何时开始变得袒护木元。

"是啊，这有什么关系？我以前也被讨厌过。"

一向强硬的岩井也罕见地喃喃自语起来。

岩井，山村，花形……大家被调到这里来之前，都被别人当成麻烦，因此对木元感同身受。

夜已深。

木元被关在房间里，放弃的念头越来越重。突然，她看到绘里子给她的御守落在了地上。

"我们是一个'团队'，请不要忘记这一点。"

绘里子的话在木元脑海中苏醒了。

确认男子离开座位之后，木元开始尝试挣脱绑住手的锁链。锁链和锁链剧烈地相互碰撞，双脚也在努力挣脱锁链。锁链碰撞，发出咔嚓咔嚓的声音。

在此之前一直垂头丧气的木元开始挣扎了。绘里子他们注意着画面，木元脸上第一次出现了竭尽全力的表情。

但是，锁链非常结实，根本没有挣脱的可能。

狂乱的动作让椅子向一边倒下。冲击之下，落在地板上的绘里子的御守飞了出去。

"没错，到头来人能相信的只有自己……"

不知何时，男子回来了。

和椅子一起倒在地上的木元抬头望着男子。

"但是……你这样做已经没意义了。"

男子眼色阴沉地说。

"所谓伙伴可真是靠不住,是吧?真是个……冠冕堂皇的词啊……信了那个,最后吃亏的是自己……我以前……就是那样……"

男子开始谈论自己的经历。

"以前我身材很纤弱……中学的时候因为一件小事开始被欺负。而从小学开始就一直同学的伙伴全都假装没看见,那个时候……他们半是好笑半是怜悯的表情,我到现在都忘不了。只有江川同学……向我伸出了援手……"

当男子还是中学生的时候,在游戏机厅被久保他们三人作弄,路过的江川帮助了他。然而,久保他们却把矛头转向江川,把他带到了隐蔽的废墟,绑住手脚开始施暴。

男子担心江川,向警察报案,却在被警察问到名字的时候犹豫了一下,挂了电话。

久保他们对江川施以私刑,将过程发到网上。江川就这样死去了。

"我已经变了……调查了很多,学习了很多,全面锻炼身体……总有一天我要报仇。那些人只在少管所待了两年就轻飘飘地出来了。两年而已……那三个人就又混在了一起……那些家伙……每年都会庆祝杀死江川的那一天……"

男子显露出憎恶。

"无法原谅。那三人……还有警察……"

男子似乎在哭。木元深深理解他的痛苦。

男子结束了自言自语,开始呆呆地望着虚空。然后,缓慢地离开了房间。

天快亮了。为了调查,大家都熬了一整夜。片桐拿着江川的小学、初中与高中同学的相册和毕业典礼视频来到对策室。视频转交给小房间里的玲子。

不一会儿,玲子分析犯人的声纹并与手上的视频比较,发现犯人的声音和报案者的声音一致。

这个人就是江川的小学同学田岛慎吾。经过调查,他和参与私刑杀人的久保也是中学同学。

这时,片桐注意到木元的现场直播。

"木元的脚的动作,好像有点奇怪啊……"

大家一看,发现木元的两只脚在交替踏着地面。

"是摩尔斯电码!她在发送摩尔斯电码!"

曾经在童子军待过的花形首先反应过来。

"木元小姐以前参加过女童军……"

山村回想起之前查到的木元的信息。

"那家伙……还没放弃啊……"

岩井的表情明亮起来。

刚接收到"南十字路",视频就中断了。田岛发现了木元的摩尔斯电码。

"……摩尔斯电码吗?没关系,反正时间也到了。"

田岛冷冷地对绝望的木元说。然后,将某种药品放进房间里的一个装置中。

"要恨就恨那些没用的警察吧。"

他把手伸向装置上的开关,瞥了一眼木元,犹豫了一瞬间,又回过神来,按下开关。

装置上的计数器开始闪动,秒表走动的声音在室内回响。

绘里子他们的电脑画面上也显示着从"60:00"开始减少的计数器。

"氰酸氢的倒计时装置。"

是田岛的声音。

"等秒表走到零,这个装置就会使稀硫酸和氰化钠混合,产生氰酸氢,只要吸一口就会死!"

听了玲子的话,大家的脸都吓白了。

"让你们体会一下看着伙伴死去却什么也做不了的感觉吧!太遗憾了……我可是等过你们的……"

拼死一搏。绘里子开始挑衅田岛。

"……还想逃避吗？田岛……"

"……什么？"

"你从头到尾都在逃避。五年前也是，现在也是。当年的电话是匿名的，现在也是连脸都不肯露……你太无耻了。"

"什么啊……"

"你以为警察没有来帮忙，自己就成了受害者？别天真了！最卑鄙的是你自己吧？到现在也是一样。朋友就要被杀死了，报警电话还要匿名，还是当年那个卑鄙小人！"

"闭嘴！"

田岛的声音变了。

"你什么都做不到！如果没有枪，你现在还是只能被欺负！还是会被那三个人欺负！"

田岛终于在视频里露了脸，留着长发和胡子，双眼灰暗。

"喂！别开玩笑了！我也变强了啊！所以杀掉了他们！用同样的方法！"

田岛喘着粗气。

"想刺激我也没用。闭上嘴巴看着吧！你们的伙伴就要死了。"

画面粗暴地消失了。

"啊……"山村绝望地喊。

但绘里子仍不打算放弃。她手里拿着桌上的照片思考着。

"田岛说他在用同样的方法杀人。这就是弗洛依德所说的反复强迫……也就是说，之前的杀人方法模仿了自己被欺凌的模式。江川先生被带到了生物化学研究所的废墟，在网上公布私刑画面后被杀了。木元也被带到了相同的地方，在网上公开然后杀掉，这样就报复了没有去救江川先生的警察。也就是说，囚禁处是生物化学研究所！"

经查，发现高仓南十字路口旁有一间生物化学研究所。

众人乘坐两辆便衣警车赶往现场。天就要亮了。

倒计时还剩下五分钟的时候，众人找到了木元被囚禁的房间。

千钧一发之际，木元得救了。

然而田岛不在这里。

田岛去了房顶。

绘里子他们爬上房顶，看到田岛握着手枪，一脸决绝地站在房顶边缘。通向房顶的门上写着大红色的数字"5"。

"别过来！"

田岛一连开了好几枪。不能刺激他。

"让我去吧……"

木元自愿走向田岛。

"让我一个人待着!"

田岛把枪指向正在接近他的木元。

"等等!"

但木元没有退缩。

"你是不会开枪的,对吧?你打开倒计时装置的时候……不是犹豫了一瞬间吗?其实……你是下不了手的。我不是想说教……我也不是那种人。我明白你的感受。我也曾和你一样,一直都是。所以……不相信任何人。但是……我至少可以说,现在的我……和你不一样了。我选择了和你不同的路。无论有怎样的理由,犯罪就是犯罪。过去的事都过去了。犯罪没有好借口。"

木元一下子握住了田岛的手枪,将它拨下。田岛没有反抗。

"别天真了,我可是刑警。"

木元为田岛戴上手铐。不知何时,太阳升起来了。

其他的警车和救护车也终于赶到了。

"田岛,你为什么要做和那些人一样的事呢?这……可是江川先生替你换来的命啊。"

绘里子对即将被带走的田岛强有力地说。她的话说到了田岛的心里。

然后,绘里子坐上了木元的救护车,片桐也一起。

"……从剧场回来的时候,后面突然冲出一个人把我放倒,堵上嘴巴,被拖到车里……"

绘里子听着木元的汇报,严厉地说:

"太差劲了!如果每天都好好练习擒拿、枪法和剑术,这种事完全能防止!又不是普通人,刑警被绑架,简直荒谬!往后要好好反省,认真练习枪法和剑术。"

"是……"

木元心服口服地点了点头。

"我也……太差劲了,居然完全没注意到部下被卷进了命案。我不配当上司……"

说完,绘里子微笑了。

"但……总之没事就太好了。一个人……干得漂亮。在那种地方……想哭就哭吧……我不会看的。"

绘里子说着,把头扭向一边。

木元的泪水决堤了,那是恐惧和安心的泪水。片桐轻轻地将在现场捡到的御守交给木元。

对策室众人熬了个通宵,决定早点回家。

"啊,结束了。大叔,你去吗?"

"好啊。干劲小子也去吗?"

"……今天我可不请客。别再强迫我了。"

"好吧好吧。好不容易没有被开除,庆祝一下,我请吧!"

瞟了一眼正在闹腾的岩井、山村和花形,片桐仍和往常一样冷冷地一个人回去了。

"这就要回去了……昨天明明还待到了早上。"山村说。

"只有当同伴陷入了危机才会加班啊。"岩井也微笑了。

"人挺不错的……其实。"花形也感慨道。

"嗯。好男人……只比野立先生差一点儿。"

难得有个好气氛,却因为岩井的一句话,让山村和花形浑身起了鸡皮疙瘩而栗。

木元在屋顶和玲子谈话。

"我还真是好久没这么努力过了。声纹分析的技术也没退步。科学搜查研究所……已经没有你的位置了。"玲子笑眯眯地说。

"是……"对玲子的不信任已经从木元的脸上消失了。

"哟,两位大美女,在等我吗?"

野立出现在玲子身边,对准她的肩膀搂过去。玲子灵巧地躲开，离开了屋顶。

野立毫不气馁，又向木元蹭了过去，却被木元嫌弃地躲开。

"没事了？"

"嗯，反正也没受什么伤……"

"这样啊……太好了。"

"野立先生……和我们室的老大是同期吧？"

"嗯？啊，是。孽缘啊。"

"……她年轻时是个怎样的人？"

"那家伙？是啊……总之挺拼的，干什么都这样。想看照片吗？"

野立从参事官辅佐办公室里拿来一张照片。木元接了过来。

照片上，绘里子嘴巴四周涂了一圈胡子，头上包着头巾，背着包袱皮，脖子上挂着她交给木元的御守。

和绘里子平时的形象完全不一样，木元惊呆了。

"这是小偷平助，防盗短剧里她扮演的名角儿。每到防盗季时她可抢手了，她演的平助可真厉害啊。到最后，已经分不清楚到底她是平助，还是平助是她了。"

"这不重要吧……"

虽然反应很生硬，但木元还是被照片弄得忍俊不禁，却又不好意思被野立发现，急忙用手捂住嘴巴。

要回去的时候，绘里子递给木元一片啫喱眼罩。

"喝多了或者前一天晚上哭过的话，这个很有效。"

"您也哭过吗？"

被木元一问，绘里子天衣无缝地回答：

"这是为被我打败的人准备的。"

这位女上司并不是没有人情味。相反，她将很多想法隐藏起来，只表露出刚强的一面……木元对绘里子这个人产生了些许兴趣。

这天晚上，绘里子拖着疲惫的身体去和浩喝酒。

"忙疯了。"但也非常满足。

"熬夜真辛苦啊。"

"嗯……不过，下属终于可以独当一面，自己完成工作了。"

"是吗……"

"不容易啊……"回想整个案件，绘里子叹了口气。

"我今天在工地上也是急得不行，现在的年轻人啊……"

到头来，绘里子趴在吧台上睡着了。看上去非常幸福。

浩把自己的工作服披在绘里子身上，一个人喝起酒来。

"……好久不见。"

大厨向浩搭话。

"是啊……上次还是和弟弟一起来的……"

"您的弟弟呢?"

"……下个月应该就能一起来了吧……"

浩一口气喝干了大厨倒给他的酒。

案件 06

"女朋友？花形你居然有女朋友？"

电梯里传出山村抓狂的声音。

"嗯，算是吧……昨天难得放个假，就去约会了。但我不是有点睡眠不足嘛，就在她面前打了个哈欠，她就突然发脾气了，转身就走……"

"嗯……真是孩子气呢……不过话说回来，你也是小孩子嘛。"

山村一脸无趣。

"真想像大人那样谈恋爱啊……"

没有理会山村的反应，花形出神地叹了口气。

电梯门开了，山村刚准备出去，就看见野立被一位美女警官一巴掌打得踉跄了一下。扇巴掌的女警哭着跑开。

注意到花形他们的目光，野立从容不迫地微笑着摸了摸被打肿的脸。

花形他们本打算垂下眼睛、视而不见地走过去……

"这可是大人之间的爱的告白哟。"野立说着，眨了眨眼睛。

"大人可真是深奥啊……长大成人究竟是怎么一回事呢？"

回到对策室，花形见人就问。

"就是成为山村先生那样的人。"

片桐喝着咖啡冷静地说。

"就是秃顶吗!?"

"那只是表面吧。"岩井调侃道。

"被生活所累,变得像只皱巴巴的枣子吗?"

看着认真地玩着熊猫玩偶的山村,木元小声说。

"咦?你们在说什么?"一无所知的山村回过头来。

"我可不想那样……"岩井说。大家都神秘地点点头。

这时,绘里子旋风般冲了进来。

"有案子了。"

对策室的氛围立刻变了。

私立英明女子学院,一所每年有八十多人考上东大的名校,高中部的体育老师被杀了。受害者名叫增冈刚,二十八岁。推测死亡时间是前天晚上十点至十二点。第二天中午过后才有人发现尸体。学校有关人员以为是无故缺勤,去他家拜访,却发现他已经死亡。直接死因是头部被重击造成的脑损伤。但在受到致命一击前被打了很多次,只知道凶器是钢铁制品,恐怕被犯人带走了。

"这人相当帅呢。"岩井看着现场照片兴致勃勃地说。

增冈是趴在地上死去的,腹部压着一个塑料瓶,应该是刚准备喝水的时候被袭击了。

问题是,现场没有任何和犯人有关的物品。包括受害人的物品在内,所有的指纹都被擦掉了。而且,遗体上撒满了酵素类漂白剂。

"犯人把自己留下的痕迹全部消除了,比如汗和唾液之类的。"

木元推理道。

没有翻找钱财的痕迹,说明目标不是钱。但是,如此彻底地消除自己的痕迹,说明犯人和受害者关系相当亲近,而且是很有头脑的人。绘里子如此估计。

绘里子和木元首先赶往现场。山村和岩井负责调查现场周围的目击者,花形和片桐负责去学校调查。绘里子打算稍后再去趟学校。

受害者的公寓里被非常仔细地打扫过,犯人是相当一丝不苟的黏液质性格[1]。电脑里下载了摧毁系统的病毒,电脑系统已经无法恢复了。

绘里子仔细查看房间,还打开冰箱看了看。增冈似乎是独身,冰箱里没什么东西,只有几瓶碳酸果汁,其中还有一瓶喝了

---

[1] 根据五世纪古希腊医生希波克拉底的看法而分类的人类气质类型,心理特点为稳重、考虑问题全面。

一半的矿泉水。

绘里子从厨房回望客厅里尸体倒下的位置。

"为什么呢？冰箱里明明还有没喝完的水，为什么要另外开一瓶水喝呢？"

案发时，增冈拿着的不是冰箱里的半瓶水，而是另一个瓶子。绘里子很在意这一点。

山村调查完附近的人，走进房间。

"对门邻居说，作案时间应该是晚上九点半，看到有个人从这间屋子里飞奔出来。"

此人是谁还不得而知。绘里子指示山村继续收集信息，并让木元再把这间屋子仔细搜查一番，就赶去学校了。

绘里子在午休时间赶到英明女子学院，在玄关脱鞋打算走进教学楼时，有人向她搭话。

"这里……不脱鞋就可以进。"

眼前站着一位聪明伶俐的美少女，一身制服短裙，脚上穿着鞋。

"哎呀……对不起，一二十年没来过学校了。"

绘里子一边笑，一边像大妈似地以招财猫的姿势挥了挥右手。

"高中部的办公室在右边。"少女一脸淡漠地指路。

"你怎么知道我要去办公室？"

"和我们学校有业务的人会从事务楼的后门走。现在来我们学校的要么是媒体，要么是警察。你看起来不像媒体，那就是警察了。如果是警察，肯定会先去见校长。"

"哇，真聪明。一下子被看穿了呢。"

少女像看傻子般看着说笑的绘里子。

"不要紧吧？像你这种人还来调查？赶紧把犯人抓住，要不然我们也没法安心学习……大、妈！"

少女故意模仿招财猫的动作摆了摆手，离开了。

绘里子记住了这个少女，但她首先要去和校长打招呼，于是按照少女指的路去了校长室。

校长回答问题就像挤牙膏。

"我也觉得难以置信，增冈先生居然会出那种事……"他说。绘里子问："已故的增冈先生是个怎样的人？"校长说："是位工作热情的老师。""他在工作上有过什么纠纷吗？""没听说过有。""那么私生活呢？""这……我就不太清楚了。"大概就是这种问答。

出了校长室，绘里子联系上先赶来学校询问情况的花形，在院子里会合。花形去找增冈先生的副班主任化学老师二宫奈津子谈过话，但她口风很紧，几乎没问出什么信息。

"感觉戒备森严啊……老师被杀了,大家还是只关心面子上的问题……"

"大家都提心吊胆的……真难办啊。"

这时,片桐和女生们聊完,也过来了。

"怎么样?和那些小姑娘根本没办法好好说话吧?"

刚才花形被女生们戏弄了半天。

"不,挺顺利的……"

女高中生无法抗拒片桐那样充满大人魅力的冷淡帅哥。花形顿感挫败。

"增冈老师是网球部的顾问,据说曾一个接一个地跟女学生交往……"

这是片桐问出的信息。

"谣言吧?年轻小女生总爱夸大其词。"

绘里子歪着头说。

"但是有三个女生都证实说,那个女生以前和增冈老师交往过。"

跟着片桐去谣言中的少女所在的教室,二宫老师正在上化学课。

看到坐在窗边的石原由贵,绘里子吃了一惊,是刚才在玄关遇到的女生。

作为全年级数一数二的优等生，由贵被二宫老师点名后毫无顾忌地走上讲台，轻轻松松解开了困难的化学方程式。其他同学都以仰慕的眼神望着她。

绘里子他们在放学后把由贵叫去接待室。

"石原由贵同学，对吧？我是特别犯罪对策室的大泽。可以问你几个问题吗？"

"……怎么？"

"你……前天晚上十点在干什么？"

"单刀直入？这就开始问不在场证明了？"由贵似乎有些讶异。

"例行公事嘛，例行公事。"说着，绘里子又做了做之前的大妈手势。

"不行不行，又做出来了……"

由贵淡淡地说，毫不理睬绘里子的装疯卖傻。

"在补习班自习室。"

"喔唷，好厉害啊。"

"'喔唷'这种莫名其妙的感叹词也是中年人的特征哦。"

"这不是没办法嘛，我是七〇后嘛。"

"没事就说流行语也是中年人的……"

由贵对大人相当刻薄，是讨厌大人吗？

接下来由花形代替绘里子提问。

"有人能证明你在自习室吗?"

"这个嘛……去问问看呗?这是你们的工作吧?"

干脆利落,不给人留一点脸面。轮到片桐了。

"你半年前退出了网球部?为什么?"

"腻了。"

片桐的魅力也没对由贵产生任何作用。

"咦……不过,增冈老师当时是网球部顾问,你和他应该挺熟吧?"

"是啊……毕竟交往过。"

由贵承认得如此爽快,绘里子震惊于代沟之大,由贵的脸上则浮现了从容不迫的微笑。

说是交往一个月就分手了,觉得不爽就退部了,分手的理由是"腻了"。

"是你甩了他?"

"嗯。"

"听说老师被杀,你的感受如何?"

"也没什么……觉得一点儿也不奇怪吧?毕竟他到处拈花惹草……"

估摸着针对自己的问题已经告一段落,由贵开始反问:

"居然跑来问我，也就是说你们对犯人是谁完全没有头绪？"

"有啊。犯人很懂化学。"

"如此而已？"

"总之是个相当聪明的人物。"

"像我这样聪明？"

"不，不觉得会是脑袋大身子小的小朋友……"

"……那又为什么要杀人？"

"因为人是感情用事的动物啊。"

"好厉害！不愧是大人的教诲……你以为我会这么感叹吗？"

"倒也没有，现在的年轻人可早熟了。"

"是呢，大妈这代人是会这么觉得。"由贵对绘里子的讽刺报以微笑。

"从刚才起就一直大妈大妈的……你就没别的话？智商欠佳吗？嗯？"绘里子也回报以微笑。

"假笑是会增加皱纹的。"由贵面带笑容，尖锐地回击。

"只要和年龄相称，就完全没问题。年轻男人可爱死这皱纹了……是吧？"

绘里子保持嘴角的弧度，瞪了一眼坐在旁边的花形。

"当然了！皱纹最棒！"

花形慌忙举起拳头高呼。靠在窗边的片桐也露出了冷淡的表情,默不作声地举起拳头。

绘里子和由贵微笑着对视。

女人与女孩之间的战争,让花形和片桐有些不寒而栗。

这一天查清了以下事实。

石原由贵当天上选修课上到第六节。之后直到六点多,都待在学校图书馆。其后行踪不明。

在自习室自习时没有目击者。似乎那里可以随意出入,补习班的工作人员也没有注意。

父母离异,抚养权归了母亲,母女两人一起生活。母亲在外资企业工作,时常不在家,案发当日三天前就出差去了西雅图。

没有找到增冈的手机,应该是被犯人扔掉了。

在前天晚上十点到十二点案发时没有不在场证明的人,增冈老师班上只有石原由贵一个。

"明白了。让石原由贵接受非强制性审问。"

绘里子的决定让大家倒吸一口气,对方毕竟是未成年人啊。

"我会注意的。不过,她应该会主动上钩。"

绘里子自信满满。

第二天放学后,绘里子等在了由贵放学必经的散步道上。由贵看到她，只是淡定地说：

"比想象中还要快呢。"

"也就是说，你知道我找你是什么事？"

"非强制性审问。"

"如果感到不安，你可以去找父母或者辩护律师……"

"没必要。反正不过是你们几个吧？赶紧了事。"

首先由岩井负责对由贵的审问。绘里子、木元、山村、花形在单向玻璃镜另一边的房间里旁听。

这时，野立进来了。

"喂喂……小心点啊。调查未成年人要是出了什么事，这锅可得我来背啊。"

野立从来只考虑自己的安危。

"案发当天晚上十点至十二点，没有不在场证明的只有你一个人。"

"就因为这个？犯人是学生吗？别的老师呢？增冈老师学生时代的朋友呢？"

脸庞可爱的少女一口气尖锐地反问，让岩井不禁在退缩中咳嗽起来。

"你说你去了补习班的自习室，却根本没人撞见。鬼扯的吧？"

"喂……你这关西腔是为了威胁我吗？"

"啥！哥就是地道关西人怎么了！"

"那你肯定没自习过吧？关西人？"

"你说啥！？"

"那我就教教你呗。所谓自习，也就是一个人安静地学习，是不会老看着其他人进进出出的。不学习的人是不会懂的。"

岩井怒从心头起，一气之下就对由贵喊道："死丫头片子！"

"死丫头片子？犯罪搜查规范第二百零四条：调查青少年案件时，应该遵照青少年的特点，尽量避开他人，注意调查时的言行，怀着温情和理解，尽最大努力不去伤害青少年的感情。"

面对口若悬河的由贵，岩井理屈词穷。

"听得懂吗？听不懂我就给你翻译成关西话？"

岩井已经被由贵吃死了。

"不成。换人！"绘里子叹了口气。

山村把蒲公英插在牛奶瓶里放在由贵面前，温柔地向她搭话。

"真对不起，刚才的警察叔叔好像吓到你了……要我给你买点饮料喝吗？"

"红脸过后上白脸吗……被派来干这种活，大叔你是巡查部长吧？这把年纪了还是巡查部长，前途堪忧啊。你还好吧？"

被这么一问，山村突然不安起来。

"养老金之类的怎么样？好好交了吗？"

"……确实是交不起了……"

"没关系没关系，等我有了事业就来雇你，可好？在此之前请好好努力。"

"谢谢……"

根本不成器。"下一个！"绘里子转向木元。

"怎么去补习班的？"

"乘国道511号线，我喜欢素数。"

"是吗？我也喜欢素数。"

木元一说，由贵的眼睛亮了。

"真的？喜欢什么？"

"十七！用尺和圆规就能画出正十七边形，很棒啊！"

"啊，高斯证明，很棒呢！"

对话顺畅地进入了独特的学术二人世界。

"咦，那你也喜欢化学吧？和我一样。好厉害！"

两人谈兴正浓，由贵却突然用冷淡的眼神看着木元。

"不过啊，为什么不把这种能力用在其他地方呢？干这种谁都能干的工作实在太浪费了，素数和斐波那契数列都要哭了。"

木元的自尊受到重创，败下阵来。

绘里子更加焦躁。"下一个!"

"等等,让我去。你们这些人根本不知道怎么跟女高中生打交道。让我给你们示范一下,好好学着点。"

野立自信满满地走进审讯室。

"抱歉,耗了这么久。"

野立打开门却没有立即坐下,而是像时装秀表演一样轻巧地转了个身。

"没事……"由贵毫无兴致地说。

"嘿嘿……您辛苦了……萨曼莎·撒乌萨。①"

野立深深鞠躬。这是他惯用的开场白,却对由贵毫无效果。

"我的时代也结束了……"

野立灰溜溜逃回来缩成一团,山村和花形拍着他的背安慰他。

事已至此,只能靠绘里子出马了。绘里子表情坚定地走进隔壁房间。

"又换人?差不多了吧?我都快腻了……"

"石原同学,你说你甩了增冈老师,但实际情况是你被他甩了吧?"

---

① 日文中"您辛苦了"的最后两个音节"sama"和女包品牌萨曼莎·撒乌萨头两个音节相同,野立在此利用发音讲了个冷笑话。

绘里子先发制人，由贵的表情有些动摇。

"你有什么证据？"

"没什么。昨天一谈起老师，一向冷静的你就突然暴躁起来。如果是你甩了他，可不会这样吧？"

"你懂吗？你……是叫大泽小姐吧？你懂女人心吗？有男朋友吗？"

"有啊。"绘里子的答案相当肯定。

大吃一惊的却是在隔壁待命的山村、花形和岩井。木元更是大受打击，摇摇晃晃站起来就跑去撞墙。

"咦……交往多久了？"

"差不多五年……了吧。"

"你刚从美国回来没多久吧？当时应该被发音——特别是L和R的发音折磨得够呛，所以直到现在，一发ra行的音，脸上的表情就会无意识地变化……"

洞察力相当敏锐，绘里子心想。

"呐，也就是说，是异地恋？"

"……可能吧。"

"不过，异地的时候打得火热，一旦距离缩短，就看清了现实，冷静下来。是这样，没错吧？"

绘里子突然想起浩。在居酒屋的吧台前，浩正兴致勃勃地说着什么，绘里子的表情突然冷淡起来，浩却完全没有注意到，继续说话。的确是有这回事啊。

"可能吧……"

"嗯……"

两人严肃地对视。但是，绘里子和由贵的第二场战争被片桐的电话打断了。

在案发现场附近公园的公寓里发现了增冈的几样遗物：沾满漂白剂和血迹的奖杯，以及化学老师二宫奈津子的照片。

犯人是二宫奈津子吗？对由贵的调查暂时中止了。

二宫在接受片桐的非强制性审问时爽快地承认了当时在和增冈老师交往的事实。事发当天，星期一晚上十点多，她去过增冈的公寓。

对策室重新展开调查，把二宫的照片给邻居看，邻居也说对此人有印象。有人看到她在十点零八分从公寓里出来，监视摄像头也录下了身高相当的女性。然而，二宫否认了杀人。她实际上另有婚约在身，当初是为了和纠缠不休的增冈分手，才去了他的公寓，却在那里发现了他的尸体。

如果是化学老师，对漂白剂有了解就不奇怪了。对迟迟不肯分手的增冈感到厌烦，一气之下拿起手边的奖杯砸了下去，这或许就是案件的经过。但二宫同样否认她扔掉了证据。

绘里子细细查看找到的相框。玻璃被摔得粉碎,但只有增冈的脸碎掉了。

根据科学搜查研究所玲子的调查,从尸体的伤痕中检出了指甲油成分。通过分析色素结构和光泽剂等确定了生产厂家,是法国的 La Beaute,这个品牌目前在日本没有经销商,但可以在代官山的进口杂货店买到,而顾客名单上就有二宫奈津子的名字。

绘里子审问二宫,但她只是一面哭一面否认。

"为什么逃走?"

"太可怕了……当时觉得我肯定会被怀疑。请相信我!真的不是我……"

绘里子突然注意到二宫身边的手包,她自己也有一个相同的。

"你去真运动广场健身啊,我也去的……"

结束了对二宫的审问,绘里子断定她是无辜的。

那可是撒漂白剂彻底毁灭证据的犯人。把物证扔在案发现场附近,这就太假了。撒漂白剂毁灭证据的人,就算在犯罪现场也能冷静思考。如果二宫是犯人,那就是因为感情不和而杀人。为这种事杀人的人是不会冷静行动的。二宫能做到的最多也就是擦干血迹。真凶恐怕另有其人,藏在伪装之下。

另一方面,花形发现的证据证明了石原由贵的清白。案发时，补习班附近的便利店摄像头拍到了她，正好是晚上十点整。十点半、十一点过五分、十一点四十五分，总共拍到了四次。到增冈老师的公寓要骑一小时自行车，打车也要半小时，不可能在推测死亡时间的十点至十二点完成杀人。

可她为什么去了四次呢？简直像是在特意制造不在场证明。绘里子非常在意。

这时，新的嫌疑人出现了。

增冈的学生坂井沙织。

根据岩井掌握的事实，犯罪当天，沙织在公寓旁边被出租车撞了。时间是晚上十一点，和增冈被杀的时间恰好一致。

另外，她也和增冈交往过，而且他们的交往没有公开。增冈的真爱是二宫奈津子，和沙织不过是玩玩而已。就因为这个，一怒之下起了杀意吗？

但绘里子仍不能确定。

第二天，她去英明女子学院造访沙织。

沙织讳莫如深。正在着急，由贵来了，说是沙织的好朋友。

"作为好朋友，我有权保护沙织不受你们的伤害。只有间接证据，不是吗？这样调查是不正当的。再这样继续下去，我就连同你们对我做的事一起上报给教育委员会和各界媒体：在没有证据的情况下强行审问两名十六岁高中生。"

面对由贵的威胁，绘里子毅然决然的态度也没有丝毫动摇。

"别着急嘛。真少见啊，怎么就急了呢？今天我们不是来审讯的，只是希望她能配合我们做点简单的心脑电图测试。"

"测谎仪？"

由贵说。

还真是什么都知道啊。

沙织被吓得厉害，死活不肯去。看起来由贵给沙织灌输了不少这方面的事。

那天，绘里子守在放学路上，约由贵去了咖啡馆。

"你为什么如此了解警察？"

"现在网上什么都查得到吧。"

"原来如此……学到了……"

"不喜欢？那就回去呗。"

"哎呀哎呀！稍微配合点嘛。她……是叫沙织吧？帮我们劝劝她做个心脑电图测试吧。说实话……我们已经走投无路了。"

绘里子在示弱。

"不是沙织干的。二宫老师怎样了？"

"怎么说呢……感觉不像犯人啊……连健身房都和我去的同一家，都是去丰洲的真运动广场。啊，说正经的，实在不觉得她是犯人。伪装工作做得那么周全，怎么会把证物扔在现场附近呢……"

"……搜过她家里了吗？"

"搜了个底朝天。很奇怪，杀人证据之类的东西在她家根本没找到。"

"是不是藏在别的地方了？"

"可能吧。增冈老师有写日记的习惯，为了防止自己三分钟热度，跟周围的老师都说了，从今年一月份开始记的。日记却没找到。"

"……这就是证据啊。"

"是啊。如果上面写了什么东西，毫无疑问就是证据。老师似乎还有不少女人……但手机和日记怎么都找不到。哪儿都找不到。怎么回事呢？难不成被烧掉了……"

由贵满不在乎地开始收拾东西准备回去。

"啊，等一下，心脑电图的事……"绘里子哀求道。

"知道了。沙织没杀人，为了证明她的清白，我会让她去的。之后就请别再来学校了。"

"约好了？拉勾勾。"

绘里子伸出小指，由贵却只是扫了一眼。

"行了行了。不过……为了防止你们耍花招，我要和我的朋友一起去。"

就这样，沙织接受了心脑电图测试。所谓心脑电图测试，就是同时测量呼吸、脉搏、血压等生理现象并记录电子和物理信号的测试。

为了测量身体信号的变化，沙织坐在特制的椅子上接受提问，回答时，她身体状况将被观察记录下来。木元负责提问，玲子在隔壁分析数据。

"请回答问题。"

"好的。"

"你的名字叫沙织吗？"

"是的。"

沙织的声音有些紧张。

"你在英明女子学院上学吗？"

"是的。"

"增冈老师是你杀的吗？"

"不是。"

"除了增冈老师一案，你做过什么不能让警察发现的事吗？"

"没有。"

绘里子、野立和花形都在隔壁旁观。由贵也在。

"那么……现在我出示几张照片，其中有杀死增冈老师的凶器。请辨认出来。"

木元把凶器的照片一张一张拿给纱织看，正要拿出奖杯照片的瞬间，由贵叫了起来。

"等一下！那台摄像头……是在拍我吧？那是红外线摄像头吧？用它测量我脸上的毛细血管的温度来推测血管收缩，对不对？人一紧张，毛细血管就会收缩。那边那台在拍我的瞳孔，通过测量瞳孔的收缩来判断紧张程度。你们的真正目标是我吧!？真是够了！"

"既然暴露了，就没办法了。正是这样。抱歉，稳妥起见。"野立挠了挠头。

"太恶心了……为什么？我不是有不在场证明吗？"

"因为死亡推定时间出现了一小时的误差，不是晚上十点，而是晚上九点到十一点之间。所以说……你也勉强赶上了。"

"怎么会有这种事！你们要乱搞到什么时候啊!？"

由贵歇斯底里地激动起来。

"我们这的鉴证科都是些老头子在干活，没办法啊。"

野立油嘴滑舌地回应道。

"……别开玩笑了。你们在搞什么鬼啊？拜托用点心调查好吗！……总之我会诉之法律的。没问题吧？有闲心搞这种莫名其妙的把戏，还不如从头开始好好调查！你们这是零分！"

"我们这算是考砸了啊……"看着怒火冲天地离去的由贵，

野立苦笑道。

在一旁等待的花形和玲子也附和着笑了笑。

其实，绘里子赌上胜负的地方到这一刻才真正开始。她拜托山村、花形、木元重新搜查证据。

"不是说再也不来学校了吗？"

"嗯，所以我等在门外嘛。来欢迎你大驾光临我们局里。"

绘里子殷勤地说。

绘里子对由贵发动了总攻。两人在审讯室里四目相对。

"心情平复了吗？我们这边可是吓得不行，一直在担心什么时候被起诉呢……"

"别再装傻了。拿你当对手，是我的损失。"

"好厉害。果然是个小大人啊。"

由贵无视绘里子的奉承，问道：

"那之后又继续搜查了吗？"

"查了查了。按照你说的，为了及格，首先要复习，从头再来。在这之前……今天会有很多有意思的话要说哦！总之，不管怎样，首先要……以杀人罪逮捕你。"

由贵忍不住噗嗤笑了出来。

"真有意思。我很感兴趣。怎么？骗子对策室的成员们都查到了些什么东西?"

一位警官拿来一只装在证物袋里的塑料瓶。绘里子刚把它放在桌子上,由贵的脸色就变了。

"增冈老师那儿的塑料瓶。一开始看到,就觉得很奇怪啊。冰箱里明明有瓶喝了一半的水。一般情况下,一瓶水没喝完,是不会再开第二瓶的吧?"

"犯糊涂了吧?"

"会把水放在冰箱里冷藏的人,怎么会不小心到去喝放在外面的常温矿泉水呢?也就是说,这瓶水不是用来喝的。查了查水里的成分,发现了少量的三卤甲烷,矿泉水里本来是不含有这东西的,只有自来水里才有。这瓶水里混杂了少量自来水。"

"你在说什么啊,我完全……"

万事通由贵罕见地露出了不明白的神色。

"也就是说,有人把塑料瓶里的水放到电热水壶里加热,然后又倒了回去。这样一来,残留在电热水壶里的自来水就混进去了一点。"

"为什么要这么做?"

"为了给尸体升温。这样一来,尸体的死亡推测时间就能产生最大两小时的误差。还有,把尸体从俯卧翻成仰卧,再重新翻成俯卧,就能让尸斑的出现时间发生混乱。"

"……为了什么？"

"为了制造不在场证明。这还用说？"

绘里子又摆出招财猫手势。

绘里子讲述了自己的推理。由贵赶去了增冈的公寓，做了一系列伪装工作。出乎意料的是，增冈一直活着，只是濒死。由贵便完成了致命一击，第二次杀死了他。

"等等……想象力太丰富了吧？这是什么啊？"

由贵一脸难以置信的表情。

"是吧？如果只是妄想可就不妙了。所以……今天先让沙织来了一趟。怎么说呢……她已经没力气继续撒谎了，直截了当地全招了。不过呢，我们这边也已经掌握了足够的证据，不管她招不招，都已经无所谓了。"

"刚才说的第二次杀死……是怎么推测出来的？"

"虽然做了功课，但到了这分上，还是必须看专业书籍啊。漂白剂是个好主意，你一开始是往干涸的血迹上撒漂白剂，但后来上面又沾上了新鲜血液，你再往上面撒漂白剂，和血迹混在一起的漂白剂浓度就不均衡了。也就是说，漂白剂反而暴露了存在新旧两种血迹这一事实。很讽刺吧？"

"咦……有一手嘛。"

"可不是？"

"零分。"

"哦？"

"动机呢？你觉得有人会蠢到为了帮助朋友而杀人吗？"

"肯定没有……何况是那么愚蠢的朋友。"

"是吧？"

"你……喜欢他吧？喜欢老师吧？"绘里子一语中的。

"所以啊，证据呢？"由贵笑了。

"相框里的照片……明明那么冷静地处理了所有证据……却只把增冈老师的照片打碎了。"

"所以你觉得是我干的？"

"我一直在想，究竟是为什么呢？你应该知道增冈老师和二宫老师以及沙织都在交往。那么为什么无法冷静呢？像你这样的人按理应该不会如此。那张照片……是在你和增冈老师约会的地方照的吧？"

由贵脸色一变。

"但增冈老师摆在桌上的却是和二宫老师一起的照片。同样的地点，同样的景色……和我约会不过是彩排吗……"

"愚不可及！"

"我查过了。去未来港刨根问底了一番。四月十二日，老师的车被电子眼照下来的那天，你毫无疑问就在港未来。那里有拍纪念照的摄影师为进场的人拍照，如果喜欢，就可以待会儿再买下来。其中有个人拍下了你和老师的照片。"

绘里子取出一张照片。照片上，由贵笑容灿烂，挽着增冈的胳膊。

"而且看起来很开心……如果这次约会是彩排，那还真是让人气不打一处来啊。另外，消失的日记也对上号了，肯定写了不少过分的话吧？和由贵只是玩玩而已之类的。一看到就毫不犹豫地扔掉了。"

"零分……不对，负分？你的脑袋没问题吧？刚才不是说过了吗？"

由贵拼命反驳绘里子的论证。

"真抱歉啊……"

绘里子从桌子下面拿出一只证物袋，里面装着一本日记。

"我们找到了……增冈老师的日记……惹你发火之后……我们又找了一次。二宫老师去的真运动广场丰洲店，在贴着'二宫奈津子'标签的柜子里，找到了这个……"

听绘里子这么说，由贵摆出胜利的姿态。

"我说吧！那不就是二宫老师干的嘛！就是这个！这就是证据，确凿的证据！对策室干得漂亮！"

然而，绘里子只是用悲哀的眼神望着由贵。

"这是在……我的柜子里找到的……"

"……什么?"

"我的记性不大好,搞错了……老师和我一样都去真运动广场,可她去的不是丰洲店,是南砂町店。是我把错误的信息告诉了你。你看,一直被你大妈大妈地这么叫……我也想变成老师那样的美女啊……就把她的名字贴到了我在丰洲店的柜子上……贴了她的名字,我就能变漂亮吧?我这么想。结果大吃一惊。我在自己的柜子里找到了这个。健身房的事,我可谁都没告诉,除了你。"

绘里子把由贵在健身房放日记的照片摆在目瞪口呆的由贵面前。那一天,山村和木元都潜伏在那里。心脑电图测试不过是绘里子为了逼由贵主动交出日记而设下的陷阱。

绘里子被由贵当成了没大脑的大妈,却还是技高一筹。由贵放弃挣扎。

"……你看了吧?日记……"

面对一脸绝望的由贵,绘里子只是沉稳地摇了摇头。

"……放心吧,作为证据已经足够了。"

"……看了也没关系,因为……什么也没写。"

由贵满不在乎地笑了。

"他把其他女人都写得一钱不值,沙织啊,他玩弄过的其他女人啊。但是……他完全没有写到我……一个字都没有。好话也没有……坏话也没有……这就太……无法忍受了。所以我要……留下自己的痕迹……在他的脑中。"

吐露出长久以来隐藏心中的感情，由贵看上去畅快多了。

"好了，走吧。"

站起身来，又添了一句话：

"等我从监狱里出来……应该也会开始做这个动作了吧？"

由贵像招财猫那样招了招手。

"大妈也不坏啊。再也不用逞强了，会变得很轻松哦。"

绘里子温柔地笑道，摆出大妈的招财猫姿势，像是在欢迎她来到这边的世界。

由贵终于卸下重担，也笑了起来。

那是和站在增冈身边时的笑容一样的，十六岁的脸。

案件 07

和往常一样，野立又交给绘里子一件麻烦事。

第二天去录制一档和电视台主播的谈话节目。

"等等，我可是刑警。如果和办案有关也就算了，我又不是专门竖给媒体看的广告板。"

"那又如何？这可是好机会啊。说不定还能趁机勾搭到品位独特的帅哥演员呢。"

野立又开始睁眼说瞎话，试图拉拢绘里子。显然没起任何作用，而且"品位独特"又是怎么回事啊？

"好好化妆哟。没关系的，就算是绘里子，只要好好化妆，也会很上镜。"

"我本来就很上镜。"

有一句接一句，到头来，绘里子还是正中野立下怀。

第二天，绘里子来到热门新闻节目《晚间新闻》的演播室，坐到摄影机前。

"请放松下来，好好享受吧。"

谈话节目主持人，主播高峰仁美温柔地微笑道。

仁美和绘里子一样，也是四十岁，身材娇小，长着一张娃娃脸，却是相当有才干的头号主播。

"搜查一课新设立了'特别犯罪对策室'，又是'首位女室长'，您真的没有感到压力吗？"

"的确没什么压力。相比之下，我更关心如何才能把在国外学到的方法论运用到日本的刑事搜查当中去……"

谈话开始了。此时此刻，日本全国都能通过现场直播看到绘里子的表现。绘里子挺直身板，尽力做出清晰明确的回答。然而，她不经意扫了一眼摄像机后面，只见野立穿着像模像样的西装，正在搭讪天气姐姐佐藤理香。

绘里子突然明白了自己被塞给电视台的真正理由，却只能继续进行现场直播。

"刚刚上任，您就破获了震惊日本的'连环爆炸案'。您运用学自中情局的罪犯侧写，成功将犯人逼到死角。那么，罪犯侧写是一门困难的技术吗？"

"嗯，并不困难。实际上，罪犯侧写是一门运用非常广泛的技术，只要愿意学习，谁都能掌握。"

"据说特别犯罪对策室汇集了各个专业的精锐，您的下属都是些怎样的人呢？"

"这个嘛……大家真的都很优秀……工作相当卖力，为了早日抓获犯人，没日没夜地工作，甚至不惜牺牲睡眠时间。有时觉得团队也需要歇口气，却总是找不到机会。每个人都对自己非常负责，作为上司，我毫无怨言。"

"与优秀下属之间的深厚信赖，也有助于破案吧？"

"嗯……应该是。"

但实际上，绘里子的下属一到下班时间就不见了踪影，每天晚上都泡同性恋酒吧，总是丢三落四……这种事当然不能暴露在大庭广众之下。

另外，上司野立在绘里子直播结束之后也成功搭讪到了天气姐姐，和她一起约会去了。他就是这么一种人。

节目结束后，仁美来向绘里子打招呼。

"下次还想深入报道一下您的优秀部下们的工作状态。"

"这样吗……大家都很害羞。"

绘里子只得苦笑。

"另外还有一件事，作为女人，我想请教您，可以吗？"

两人并肩而行，仁美问道：

"侧写在私生活中也起作用吗？比如说，通过男性的语言和行为，来了解这个人是不是对自己有意思？"

"不，在私生活中我只是个普通女人。"

绘里子笑着回答，仁美也忍不住笑了。

"结婚了吗？"

"现在还没有。"

"我也是。干这种时间不规律的工作，无论交友还是恋爱，都很困难。"

"也是，根本没办法提前做计划。"

"老是有紧急任务。但在工作之外，也还是很希望有自己的天地啊。"

绘里子再次意识到，年过四十仍在工作的独身女人的烦恼都是一样的。

这时，一位年轻男员工匆匆忙忙跑过来找仁美。

"高峰小姐！又收到这个了……"

绘里子偷偷瞟了一眼工作人员递来的打印信件。

我要让你再也当不了主播。

只写了这么一句话。

"还是报警吧。"工作人员不安地说。而仁美只是毅然决然地回答：

"跟你说多少遍你才明白呢？每天担心这种事，还怎么当主播？"

"那个……没关系吗？如果有困难，我可以帮忙。"

绘里子觉得自己作为警察也许能做点什么，但仁美毫不在意。

"抱歉，没关系的。既然干了这一行，遇上这点儿事很正常。

最近的员工胆子太小了。好了好了,扔掉得了。"

仁美把信还给工作人员时,绘里子注意到她右腕的绷带从袖子里露了出来。

几天后,绘里子被丹波叫去办公室,说是打算再调查一下在目白发现的溺亡尸体。辖区内的鉴证科认定为事故死亡,但这一事件在媒体当中大受瞩目。为了做好媒体宣传,丹波决定让对策室接手此案。

"像这种没什么案情的'单纯的事故死亡',犯不着出动小野田组。"

坦然接受了屋田的嫌弃,绘里子接下了这个案子。

死者名叫安田博文,三十六岁,自由摄影师,被女管理员发现死在了自家浴缸里。调查结果显示,安田服用了感冒药和大量酒精后,意识蒙眬地踏进浴缸溺水而亡。死因是大量酒精导致的溺死。

怎么看都是事故,为什么还要再查一遍呢?听完案件详情,对策室成员都一脸不理解。但是,安田曾经拍下过好多明星的私照,有的明星还因为他拍的照片而退出娱乐圈,甚至自杀,不少人都对他恨之入骨。或许他拍到了某个大明星的独家私照而被做掉了?媒体因此闹得天翻地覆。

"因为媒体很关心这个案子,就让我们再查一遍,做做样子。"

岩井首先对绘里子的话不服气。

"什么玩意儿啊!我们又不是废品回收站!"

"少废话,赶紧给我把和安田有关的事务所、电视台、出版社和艺人全查清楚。"

木元山村花形也毫无干劲。

"案子不分大小!不管什么案子,办案态度都不能变!"

绘里子鼓励大家。

"他的朋友里是有大胸平面模特哦。"

听了这话,山村和花形总算有了点儿干劲。岩井也打着认识帅哥的算盘开始期待接下来的调查。

就这样,片桐和岩井从确认安田的工作关系入手,花形和山村去确认相关人员的不在场证明和安田的朋友圈,绘里子则带着木元去安田的公寓。

安田的公寓很有摄影师风范,摆满了底片和器材。

他们一面查看现场取证时拍下的照片一面调查房间,和辖区警方的得出的结果一样,"毫无"不自然的地方。

"果然是事故死亡啊。"木元完全提不起劲。

但是,"完全没有不自然"这一点反而让绘里子在意起来,她向木元推测了一遍死亡当天安田的行动。

他坐在起居室的沙发上喝威士忌，桌上放着玻璃杯和感冒药。然后站起身，打算去泡澡。走了两三步，在浴室前脱掉衣服扔在一边，走进浴室跨进浴缸。

"不觉得很奇怪吗？和想象中的一模一样。在推测发生动作的地方放着该有的东西，多余的东西一样也没有。但是，人往往会采取和预测不同的无法解释的行动。在这里喝酒，却把酒杯放到那边，也很自然；衣服也不见得会好好脱在浴室门外；何况是在吃药喝酒后精神恍惚的状态之下？"

也有可能不是事故。

"不会吧？"木元一脸不可思议。

"追究你问的这个'不会吧'就是我们的工作。好了，现在就全部检查一遍。"

绘里子留下木元，离开了公寓。

傍晚，绘里子在对策室等待大家搜查归来。首先回来的是木元。

"都检查完了？"

"还没呢，那么大一堆。"

木元一边嘟囔抱怨一边泡了杯咖啡。

其他人似乎也因为不习惯在娱乐圈调查而多费了些时间，总也不回来。电视上正好在播放《晚间新闻》,仁美正在播报安田一案的新闻。

"说起来,谈话节目如何?"

"如何?你没看吗?"

"没看。给媒体看的对谈不值得看。"

"话虽如此……"

"电视虽然开着,但好像没人在看。"

"没人!?真是薄情啊。我还以为好歹会有一两个可爱部下跑来跟我说:'我录下来了。'"

绘里子有些垂头丧气。

"总感觉这人和老大有些像呢。"

木元盯着电视上的仁美。

"令人钦佩。你看,这个人也是独身。不谄媚男人,不依赖男人,一辈子把单身贯彻到底。我很敬佩这一点,我自己可做不到。"

"也不是贯彻到底啦。"

绘里子反驳道。随便被认为是独身主义也让人很为难。

"不过啊,对工作的满腔热情这一点倒是很像。"

"……太阳打西边出来了?还是会说几句可爱话的嘛?"

"不过,有时候也让人挺受不了。"

"果然一点儿也不可爱。"

二十多岁的年轻小姑娘是不会理解年过四十的女人的心情的。绘里子满心失望地看着电视里同样年过四十的仁美,此时她正站在事发现场的公寓前,垂下右手,用左手握着麦克风报道。

就这么耗了一会儿,片桐他们终于调查结束回来了。

安田这两年似乎没接到什么活,生活窘迫,房租已经拖欠三个月了。为了糊口,他开始拍娱乐圈的照片,贩卖艺人的负面新闻,甚至敲诈勒索。

片桐搞到手的证据是安田的恐吓信,在A4纸上只写着:"我要在网上散布你的裸照。"和仁美收到的信很相似。

木元把在安田家找到的正片和摄影日期做成数据库,发现安田今年的工作量突然大减。还有一件事很蹊跷,十年前的六月份的正片数量太少。

思考后,木元认为有以下几种可能:那个月什么都没发生,因病休假,出远门旅行,或是有人把正片拿走了。

经调查,十年前的六月,国内发生了五件大案。除了名古屋保险金杀人案和仙台连环杀人案这样的案件以外,发生在东京都内的,只有跟踪狂杀人案这一件案子。跟踪狂杀人案,也就是当时十七岁女高中生在江东区南川海岸公园内被跟踪狂袭击并杀害的案件。偶然路过犯罪现场的新闻工作者拍下了独家录像进行报道，进而协助抓捕了犯人，在当时被社会热议。

而那位新闻工作者就是高峰仁美。

几天后，绘里子去电视台拜访仁美。

"是调查那个事故死亡吗？不容易啊。明明已经被定性为事故死亡了，却被我们这些媒体炒得要再查一遍。只要有料，在观众厌倦之前就会被反复报道。就算被判定为事故，也还是会这样。有时候真的挺烦。"

仁美安慰绘里子。

"没有的事。能再查一遍也挺好的，会找到一些第一次调查时没发现的事实。咱们的好色上司也同意按照他杀来侦办这个案子了。"

绘里子出乎意料的回答让仁美吃了一惊。

"这样吗？查出了什么新东西？"

"感兴趣？"

"作为新闻工作者，当然感兴趣了。"

"很抱歉，还不好说。不过我倒是可以告诉你我推测的犯人形象。犯人是按部就班考虑问题的人，一丝不苟的完美主义者。这个人知道案发后警察会关注哪些东西，也就是说，有进入真正的犯罪现场的经历。这么说来，犯人的职业就有可能是警方相关人士、司法相关人士、检察官、律师，还有……新闻工作者。"

"……像我这样的？范围相当具体呢。"

仁美笑道。

"是啊，如果也能这么分析男人，就会少吃不少亏。"

绘里子也笑了。

"的确。那我就先告辞了，请加油。"

仁美正要离开，绘里子叫住了她。

"对了，手腕上的伤，好了吗？"

仁美停下脚步。

"之前不经意看到了。好像是受伤了吧？"

"嗯。在报道现场不小心擦伤了。"

"我还以为是之前寄'恐吓信'的人干的呢，原来不是啊？"

"当然不是。会寄恐吓信的人只会从远处攻击，不会真正出手。按照我的侧写，就是如此。"

仁美沉静地笑道。

绘里子一回到警视厅，就往科学搜查研究所走去。她有事拜托玲子。

玲子一面分析着一堆"电子显微镜照片"，一面问绘里子：

"你之前录节目的时候去过电视台吧？"

"嗯。说是媒体宣传的一部分。对了，还遇到了长濑亮太，真帅啊。"

玲子对此反应冷淡。

"对帅哥没兴趣?"

"也不是,他是我以前交往过的人,最近经常上电视呢。的确是个好标本。"

"标本!?我以前就有点在意,不过你的男性观是不是也太扭曲了?"

"是吗?哎,毕竟你太普通了,男人会觉得很没趣的。"

一如既往地毫不客气。

"你啊,没有破绽,女人的破绽。"

"破绽?怎么才能有?"

"嗯,最基础的就是……"玲子停下手中的工作,轻轻撩起白大褂,露出女人味十足的裙子之下的美腿。

相比之下,绘里子就算穿着裙子,也总是密不透风的职业装。

"不用显微镜就看不清的女人是没有活路的。要让人一眼就能看出是个美人。"

"不愧是恋爱大师。"

绘里子面部肌肉抽搐着称赞玲子。

"你有男人吧?"

"嗯啊……"

"男人和工作,两边都搞好是不可能的。"

"就连你也是如此?"

"对我来说,工作至上,男人不过是享受人生的调料而已。"

"分得可真清……"

"太感情用事就没法好好工作了,不是吗?道理是一样的。如果太感情用事,是谈不好恋爱的。"

"是吗?我却认为感情用事也未尝不可。"

绘里子仗着自己年纪大,就拼命逞强,却还是被玲子一举击溃。

"嗯,完全没有恋爱细胞呢。不过,工作细胞却很发达。看吧,和你推断的一样。"

玲子让绘里子看显微镜。

绘里子拜托玲子分析的是在浴室找到的安田的指甲。

剪了一段时间之后的指甲表面是光滑的。但是,尸体的指甲表面却很粗糙。这种粗糙只要碰到别的东西很快就会被磨平。也就是说,指甲剪过之后,安田的手几乎没碰过任何东西。而且,指甲表面没有附着任何物质,这一点也很可疑。

绘里子回到对策室,向大家说明这一发现。

"安田要么在死前剪了指甲,要么死后就被人剪了指甲。"

木元尖锐地分析绘里子的发现。

就在这时，片桐调查完安田的朋友圈回来了，说是发现了一名可疑人物。

东乡英宪，四十三岁，现在在节目制作公司担任管理工作。公司员工说，大约从一个月前开始，此人就常常和一个看起来像是安田的人发生争执。

东乡与安田之间是什么关系现在还不清楚。不过，他们在工作上没有接触。

但是，东乡是十年前和高峰仁美一起在跟踪狂杀人案的案发现场报道的导播。也就是说，他们一起拍摄了那条独家新闻。

"十年前的新闻和被拿走的十年前的正片。安田、东乡和高峰仁美肯定和这件事有关联。"

绘里子非常肯定。

第二天，绘里子又去拜访仁美。

"电视台可真大。上次明明来过一次，这次居然又迷路了。"

绘里子算准仁美独自在食堂吃饭的时间前来搭话。

"今天也是来调查吗？室长总是亲自出马，优秀的部下都在干吗啊？"

仁美同情地说。

"彼此彼此。主持人亲自去现场，这种事也不多见吧？"

"我想亲眼见证,不想靠别人转达。"

仁美的表情变得认真起来。

从她飞快吃完一大份饭的模样,也能看出她的健壮。

"同感。我也是那种喜欢亲眼确认的人。"

绘里子定定地望着仁美的脸。

"所以呢?有什么事?"

"啊,是十年前的那件跟踪狂杀人案的事。"

"哦,那个啊。印象深刻。"

"大独家对吧?听说是在案发现场偶遇了?"

"正巧在附近采访而已。"

绘里子意味深长地说。

"在附近取材?您还真是容易吸引案件的体质啊!这种'偶然'可是很罕见的。"

"是啊,确实不太常见。不过比起对人,我对案件的嗅觉更敏感。快到时间了,再会。"

仁美正要起身离去,绘里子叫住了她。

"安田博文。寄给你威胁信的人,就是安田吧?"

"嗯?安田?"仁美露出毫无印象的表情。

"已故的摄影师安田博文。"

"哦、哦。突然一下子,我还以为是谁呢。"

"不是吗?"

"也许吧。没工夫去操心到底是谁送的。抱歉,没能帮上你。"

"哪里哪里。我才应该抱歉,浪费了你的宝贵时间。再见。"

两个女人满脸带笑地交谈,双方没有丝毫破绽。

绘里子回到对策室,检查了花形从电视台找来的十年前的独家录像。

正在公园摄像的摄影师发现了女性的悲鸣,慌忙将镜头转向传来声音的方向,只见一位女性倒在地上。镜头紧跟着追向逃跑的跟踪狂。绘里子把气氛紧张的录像反复看了一遍又一遍。

于是,绘里子发现录像中的低频音中途被剪切掉。低频音源自公园后方的海中航船的引擎声。本来,低频音正在逐渐变弱,直到完全消失至少需要两分钟。也就是说,这段录像应该被剪掉了大约两分钟。

如此一来,这条独家新闻很有可能是伪造的。

"也就是说,报道这个案子的人对遭遇跟踪狂袭击的女性见死不救?"

听了绘里子的汇报,野立皱起眉头。

恐怕正是如此。安田用某种方式搞到了证据,能证明所谓独家新闻是伪造的,然后恐吓对方。绘里子决定明天让东乡和高峰接受非强制性审问。

第二天,绘里子、木元和山村来到电视台,请求仁美接受非强制性审问。意料之外地,仁美冷静地接受了,只是说到《晚间新闻》直播之前都要和人碰头开会,希望非强制性审问能放在节目结束后。绘里子同意了,她一整天都在监视仁美。

《晚间新闻》结束前,绘里子接到了片桐的电话。东乡接受了非强制性审问,却在问讯中突然去世了。

与此同时,正在直播的仁美在绘里子眼前念起了新闻稿——

"刚刚接到消息,晚六点四十五分,正在警视厅接受非强制性审问的男性突然身亡。"

绘里子不寒而栗。

这件事也让警视厅大受打击。

第二天,绘里子被丹波叫去训话。

"你们在搞什么啊,让人死在非强制性审问过程中?真是大丑闻!媒体又不会消停了!"

屋田涨红着脸怒吼。

丹波在房间里焦虑地转来转去,眼镜片发着光。

"这件事你得负全责。"

这次绘里子着实无话可说。

绘里子不甘心地来到走廊上，却被慌慌张张的花形叫住了，说《晚间新闻》即将播报和东乡有关的重大新闻。

绘里子急忙回到对策室，发现大家都在盯着电视看。电视上，仁美正一脸沉痛地主持节目。

"今天的部分节目内容临时变动。昨天，在警视厅接受调查的过程中身亡的男性东乡英宪是我曾经的同事。今天早上，节目组收到了一封来自已故的东乡先生的信……信中内容令人震惊，节目组经过慎重考虑，最终还是决定尊重本人的意愿，在此公开信件的内容。"

仁美开始读信：

"致各位观众。我杀害了自由摄影师安田博文，并伪装成事故死亡。这一事件的契机是十年前的'跟踪狂杀人案'。当时，我对独家新闻太过执着，明知受害女性一息尚存，却没有伸出援手，而是入迷地跟拍逃跑的犯人，导致受害女性身亡。在此之后，为了捏造假象，我叫来在附近拍摄外景的高峰，掩盖见死不救的事实。然而，编辑假录像的过程被安田抓住了把柄对我勒索，为了拿走作为证据的正片，我将他杀害。"

绘里子无言以对。

"这不像是自杀。"

绘里子认定东乡的死必有蹊跷。

这时，玲子前来汇报东乡的死因。

"虽然融化得差不多了，但东乡的体内发现了明胶的成型物——也就是胶囊，胶囊上附着有氰化钾。东乡恐怕是服用了含有氰化钾的胶囊而身亡的。"

胶囊融化也需要一定时间，在调查前被人下药也不是没有可能。

"不过，胶囊融化最长只需一个小时。"

木元冷静地说。

"这样的话，高峰就不可能犯罪，我们一直看着她。"

片桐垂头丧气。在直播开始前，绘里子他们一直守着仁美。五点到七点半之间，岩井他们才把东乡带走。高峰根本不可能给东乡下药。

岩井恨自己无用，狠狠敲着桌子。片桐也因为眼睁睁地看着东乡死在自己面前而大受打击。

"会不会是我们带他走之前，他就自己吞下了胶囊……"

绘里子却否定了花形的推理。

"那不可能，自杀太说不过去了，肯定有内情。一定要查个水落石出。"

这时，小野田带着川野和森进来，打算搬走装着调查资料的纸箱。

"从现在开始，这个案子由我们接手。上面现在正在考虑对你们的处分，不久就会组成惩罚委员会。在上面得出结果之前，给我乖乖在这里待着。"

"凭什么啊！"

小野田厉声说，嗓门盖住了绘里子的反驳。

"你再胡闹，可就不仅仅是降职了。"

绘里子他们只好呆呆地望着小野田一行人的背影。

绘里子逼迫野立允许自己继续调查，但就算是野立，也没法点这个头。

"没戏了。调查过程中可是出了人命啊。"

绘里子回到对策室，发现大伙都无可奈何地默默坐在位子上，气氛相当凝重。绘里子站也不是坐也不是，拿起包就要出门。

"您要上哪儿去？"花形无精打采地问。

"调查啊，这还用说？这案子既然交到了我们手上，就必须把它办完。走了。"

然而没人跟上去。绘里子孤身一人去找仁美。

仁美看到绘里子，表情从容不迫。

"刚才已经有别的警察来了,说您已经管不了这个案子了。也难怪,毕竟出了那么大的事。还待在这里没关系吗?往后大家都要找你问责的。"

"你以为一切都如你所愿?你的不在场证明肯定有破绽。我来就是为了告诉你这个。"

绘里子看了仁美一眼,转身就走。

绘里子回到对策室,发现对策室里空空如也。她理解大家何以无心继续调查。

但就算只剩下她一个人,也要查个水落石出。

自那天起,绘里子开始把工作带回家,苦苦寻找案件的线索。

几天过去了。

绘里子结束调查回到对策室,仍然没有一个人在。虽然都是些笨拙的家伙,但没法一起查案子,绘里子还是难免觉得寂寞。

然而绘里子没空伤感,只是坐下来继续工作。

这时,山村和岩井回来了。

"我们查到了仁美不在场证明的内幕。"山村说。

"好,就是这些了。"岩井把搜查资料放在了桌上。

然后就和往常一样坐到了讨论桌旁,好像什么都没发生。

片桐和花形也紧跟着进来了。

"我们调查了东乡和高峰在案发当日的行踪。"花形说。

"这里面有些新线索。"片桐也一如既往地冷冷地说。

两人也随后坐到讨论桌旁。

最后一个进来的是木元。

"我检测出了一些有意思的东西。"

绘里子的脸上突然绽放出笑容,却又迅速回复到平时那副冷静的表情。

"大家来整理一下调查进展。"

和往常一样,调查会议开始了。

原来,绘里子以交出辞职信为代价,请求上级允许自己继续调查,这件事被全体成员从野立那儿得知了,大家被绘里子的决心打动,重新振作了起来。

第二天,绘里子又去拜访仁美。厌烦了绘里子的纠缠不休,仁美本打算设法把她打发走,绘里子却单刀直入地进入主题。

"我们找到了杀掉安田和东乡的犯人,就是你。"

"太搞笑了。"仁美轻蔑地说。

"哪里搞笑?这可是你最爱的独家新闻哦?"

"别开玩笑了,我正忙着呢。"

"我们在东乡体内发现了氰化钾和胶囊碎片。"

绘里子拿出装有胶囊碎片的证物袋，声称仁美通过胶囊改变了杀人时间，而仁美对此只是轻轻一笑，不屑一顾。

"我说啊，把氰化钾放进胶囊里，最多也只能把杀人时间延缓一个小时吧？东乡去世那天，你不是从中午开始就一直缠着我吗？"

"没错。那天你的确不可能让东乡服下氰化钾。"

"那你还跟我耗个什么劲呢？我先走了。"

仁美急着想走，绘里子却继续向她出示指甲油和某种粉末。

"用这些东西就能把胶囊变成定时装置。这些白色粉末是盐酸洛哌丁胺，用于治疗腹泻，可以停止肠道的运动。这一点你知道吧？美甲用的透明涂层，由硝化棉组成。东乡体内检出了这两种成分。先用指甲油给装有氰化钾的胶囊涂上一层透明涂层，这样就能调整胶囊融化的时间，然后再把它和盐酸洛哌丁胺一起放进大号胶囊，倒计时装置就完成了。服下这个，盐酸洛哌丁胺就能停止肠道运动，将毒胶囊存放在肠道内。然后，在透明薄膜的作用下，毒胶囊在设定的时间后才开始融化，让毒素蔓延全身。你知道东乡患有糖尿病，每隔四小时就要服药。你把东乡的药换成了'毒胶囊'。根据东乡体内残留的物质，可以推算出他在二十九号早上十点吞下了毒胶囊。那时和东乡在一起的人，是你。证据在这里。"

绘里子拿出一张照片，照片上一名把帽子压到眼睛下的女人和东乡在一起，但帽檐遮住了脸，完全认不出她是谁。仁美露出胜利的微笑，绘里子却又拿出一张照片，透过帽子能清晰地辨认出此人就是仁美。3D叠加技术的分析显示，停车场的防盗摄像头录下的人就是仁美。

"这个你就不懂了吧？再怎么用帽子遮脸都没意义，将防盗摄像头的立体摄像和你的照片一对比，就能轻而易举地判断出这个人就是你。"

仁美变了脸色。

"还有，从安田的浴室里找到了另一些东西。从下水道里找到了安田的一部分指甲，断面上检测出了另一个人的皮肤。经过鉴定，皮肤的基因与你一致。还想抵赖吗？"

仁美在绘里子的步步逼问前彻底泄了气。

"理论的精确构筑，彻底的信息收集，加上完美的逻辑论证，你本来应该成为一位优秀的记者。"

面对仁美的称赞，绘里子毫不留情地尖锐提问：

"你所谓的优秀记者是什么？为了独家新闻而对受害者见死不救？为了掩盖伪造的独家新闻而杀死两个人？我读了你所有的采访稿，堪称一丝不苟的完美主义者。你曾经不能容许任何不义，是一名带着道德洁癖生活的优秀记者。即便如此，曾经那么正直的你，为了保护地位和名誉，竟也犯下了如此不堪的罪行。"

"够了。不管你再说什么都——"

仁美听不下去了，但绘里子还在继续说：

"我明白你的感受。我也很痛苦。因为我们都是将工作当作人生存在的意义的女人。可你为什么输了？每个人心中有弱点。但是，我们不能输给心中的弱点。你应该是最明白这一点的人。"

仁美不愿面对绘里子坚定的眼神，躲向窗边，看着窗外，开始一点点诉说：

"……每个案子都有它自己的声音。有的声音大到就算放着不管也能被人听见，也有的声音小到谁都听不见。我想把那些微弱的声音传递出去。为了传递那些微弱的声音，我就不得不变得强大……所以……"

绘里子鼓励仁美，说道：

"不是这样的。如果你的语言有温度，无论多么微弱的声音，都能传达出去。不是吗？"

"……也许我们本来可以成为朋友。我说，这个案子全都是你自己查出来的吗？"

"不，我还有优秀的下属。"

"也是呢。"

仁美笑了，走进直播室。这是她最后的工作。

听说案子了结，木元和玲子来到屋顶，深吸一口气。

"为了维护女主播的地位，居然牺牲了两个人的生命。在直播中自首也是不一般啊。"

"那个人果然和老大很像，在对工作的热情上。"

绘里子保住了饭碗，晚上和浩一起在餐馆吃套餐。

"这次是跟商社打交道。那栋楼超级高，在商社工作还真是厉害啊，也能理解绘里子为什么那么忙碌了。绘里子所在的商社有多少人？"

"啊？我所在？这个嘛……一千人左右？"

"厉害，一千人啊。"

正说着，店里的电视开始报道仁美一案，绘里子的访谈节目也被剪辑进去了。

为了不让浩看见，绘里子拼命掩饰，却还是被浩发现了。

"咦……刚刚那是？"

"我……啊。"

还真是一波刚平，一波又起。

案件 08

"今天……总该能好好训练一下了吧?"

绘里子强行把一脸不情愿的特别犯罪对策室成员带到射击训练所。

一名刑警每年要完成两百到三百发射击训练子弹的定额。然而,对策室这帮人连定额都搞不定。

"到警务部挨骂的可是我。赶紧开枪!"

绘里子催促着大家,但没一个人打到靶上。绘里子觉得她要犯高血压了。

还剩下片桐。但片桐一脸不快地向绘里子走来,把枪口对准绘里子。

"等、等、等一下!靶子在那边!不在我脸上!"

这人疯了吧?绘里子急得不行,而片桐只给她看了看根本没装弹盒的枪,就没头没脑地走了出去。

绘里子一头雾水,只好去找野立商量。

"片桐这家伙,三年里没参加过一次射击训练。这可不行啊。"

"嗯……他是有什么烦恼吗?说起来昨天的野立会他也没来……"

所谓野立会,就是野立开办的汇集了各行各业帅哥的交流活动。说白了,就是联谊。

"片桐不来，我们这边损失了一大战力啊。好担心……"

"你这是瞎操什么心？总之，不参加训练可不行，太任性了。"

"不要焦虑，睁一只眼闭一只眼算了。长得好看的家伙就是有权任性，约翰尼·德普结婚前不也这样吗？"

"这都哪儿跟哪儿啊！"

"那家伙要是不高兴，肯定又不来野立会了，那可就糟糕了。要是非得让谁射击的话……就让山小村每天打一千发吧。山小村看着就适合遭殃。哎呀，总之你就放过片桐吧！否则的话……山小村就得戴着假发去搜查了。"

又被野立搅昏了头。找他商量，从来就解决不了任何问题。

对策室里也在议论片桐。据说他根本不会开枪，又谣传他在射击比赛上多次拔得头筹。真相究竟……

然而现在不是八卦的时候，对策室里发生了一件令人毛骨悚然的事。

木元收到寄给对策室的一个包裹，打开一看，里面是沾满鲜血的木质人体模型。木质模型的左胸被染红了，山村一闻，发现不过是墨水，模型的左胸里有一颗子弹。

是谁故意寄过来骚扰的吧？总之是个充满恶意的恶作剧。

对策室里弥漫着不快的气息。这时，绘里子的名言又出现了——

"有案子了。"

黑帮大堂组的骨干古叶治被射杀身亡，头部被一颗子弹射穿。

"黑帮……这应该由组织犯罪对策部负责吧？怎么连小野田组都……"

搜查一课的小野田等人来到现场，花形看到他们，感到非常不可思议。

通过检验受害人身上的子弹擦痕，发现凶器是三年前杀死了两名黑帮成员的枪。嫌疑人是龙千会的骨干谷本，目前正在被通缉。

这次恐怕也是谷本干的。小野田组已经追捕他很久了，因此这次参与了搜查。

"这人的枪法很好啊……"

木元正认真检查尸体上的弹痕。

此时，小野田那边传来消息，说已经找到谷本了。绘里子他们和小野田组一起赶往现场。

小野田组来到谷本的公寓，却被谷本从二楼翻越，一溜烟逃走了。

小野田、川野和森，绘里子和片桐，木元和花形，兵分三路追赶谷本。

绘里子和片桐率先追了上去，谷本便开枪反击。绘里子他们也举起手枪估算和谷本之间的距离。就在这时，枪声响起，古村被射穿左胸，向后倒去。一切都发生在电光石火间。

有人从远处狙击？绘里子和片桐迅速环视四周，发现楼顶有个人影架着一把来复枪。绘里子和片桐把谷本托付给赶来的花形和木元，向楼顶跑去。

等他们爬上楼顶，人已经不见踪影，只留下空弹壳和一只烟蒂。

片桐环视四周，寻找犯人的踪迹，就在这时，他的手机响了。屏幕上没有显示对方的号码，听筒里传来被变声器扭曲过的声音。

"看着别人在面前死去，自己却无能为力，这感觉如何？还会死更多的人。都是因为你，片桐……反正你到现在也开不了枪，对吧？"

神秘的声音嘲讽着片桐。

受害人谷本隆，四十二岁，左胸中枪，当场死亡。黑帮龙千会骨干。受害人胸口的子弹是七点六二毫米的来复枪子弹，经过加工后增大了杀伤力。犯人从远处精准地一击射中心脏，枪法应该相当高明。谷本是曾犯下两起杀人案的杀手。这次，在射杀敌对组织的骨干后，自己也被枪杀了。

犯人是敌对组织里的人吗？不过，有定论说，黑帮通常不用来复枪。

"还有这个寄来的模型……"

绘里子凝视着放在对策室桌上的木质人体模型。

"时机太巧了……总觉得该有什么联系。"

"难道是……杀人预告！？"花形瞪圆了眼睛。

不是不可能。绘里子拜托玲子检查木质人体模型。

岩井和山村负责调查谷本的人际交往和黑帮关系，花形和片桐负责调查模型和来复枪的来源，木元和绘里子去重新检查现场。搜查前，绘里子表示犯人，应该仍带着来复枪，要求全员携枪出警。

绘里子突然发现片桐的手在发抖。

"片桐，怎么了？"

最近他似乎有些不对劲。但片桐对她冷冷地摇了摇头。

片桐和花形一起去枪械店调查，却在中途扔下花形，独自调查起来。

片桐来到了三年前案发的废旧工厂。有人在楼梯平台的角落里放了一束花、一罐大关一口杯以及一盒万宝路。三年前，三十五岁的武藤明就是在这里中弹身亡,而开枪的人正是片桐。

当年片桐还在搜查一课,和川野搭档追捕武藤。

片桐把武藤逼进废旧工厂,对他举起手枪。据称,武藤带了枪。片桐屏息凝神观察武藤的动作,只见他把右手伸进衣服内袋,正要拔枪。片桐条件反射地开了枪。

子弹精准地射中了武藤的肩膀。武藤翻身倒下。片桐立刻赶到流血呻吟的武藤身边,却发现他右手握着的不过是手机。

他对没有携带武器的人开了枪。片桐受到了巨大的打击。此前,片桐对自己的枪法相当自信,从那以后,却一拿起枪就开始崩溃。

岩井和山村到锦系町附近调查。了解到谷本曾在这一带出没,山村就把岩井带到了一家俱乐部里,似乎是他常去的店。

"等等啊大叔!咱们还在调查哪!"

就算是岩井也面露责难,山村却毫不惭愧地拽着岩井的胳膊进了屋。

"这也是调查啊,能报销的。"

"没想到你心眼这么多啊,大叔……"

俱乐部的招牌上写着"寂寞人"。

"我的未婚妻……就在这里工作……"

山村乐呵呵地进了店。前几天，他三十年的单身汉生涯终于画上了休止符，结婚似乎已经不再是妄想。

不过，对方居然是陪酒小姐吗？岩井有种不好的预感。和朴实的外观不同，店里的装潢意外地奢华，让岩井更加警觉。

"哎哟，小启今天来得很早嘛。"

娇笑着走出来的陪酒小姐西山菜菜美，是一位三十岁左右的美女。头发乌黑，皮肤雪白，穿着可爱的连衣裙。岩井不禁怀疑起自己的眼睛。

"今天不能多玩一会儿吗？"

"还在办案子呢。"

"啊，太遗憾了。不过，点瓶酒总行吧？"

"嗯，应该的……"

岩井观察着两人的交谈，终于一咬牙问了出来。

"他说你和他订婚了……"

"是啊，我是他未婚妻。怎么了？"菜菜美若无其事地点了点头。

然而，岩井看着熟练地举手对服务生说"来瓶轩尼诗"的菜菜美，怎么看都觉得山村是彻彻底底地被敲诈了。

"大叔，不是说了美女信不得吗！"

"那是普通的美女，她可是超级大美女啊。"山村已经完全被菜菜美勾走了魂。

菜菜美说，谷本确实来过这里，但最近没怎么见过他。

"说起来，你的同事能来喝喜酒吗？"

"嗯，应该能来吧，我看看日程表。"

"也给我看看吧，我想确认一下。"

两人把工作放在一边，开始卿卿我我地讨论婚礼。没一会儿，服务生过来结账，岩井看到账单后惊呆了。

"二十二万！？"

"因为点了瓶酒嘛。"山村一个劲儿傻笑。

"大叔……你真的被敲诈了！"

"你说什么呢？我这里还有折扣券呢，四万的水果打折之后三万八。"

"大叔！醒醒啊！"岩井痛心疾首地喊。

绘里子和木元去调查射击者当时所在的屋顶。这栋大楼离谷本被射杀处有一百米远。能从这么远的地方准确射中目标，简直是奥林匹克运动员才有的水平。

她们从大楼回到对策室，发现花形也回来了。花形汇报说，检查子弹得知来复枪应该是由狩猎用雷明步枪改造而成的，目前正在寻找枪的主人，但还没有查到任何线索。

在寄出包裹的中央邮政局什么也没找到，模型本身也没查出什么东西来。

证据太少了。心急火燎之际，对策室收到一个包裹，打开一看，又是一个沾血的木质人体模型，和之前的模型来自同一家邮局，同样在左胸里有一颗子弹。和射杀谷本的子弹一样，这枚子弹也是弹头上有擦痕的来复枪子弹。

寄模型和射杀谷本的，都是同一个人吗。

"这个模型恐怕是有人即将被射杀的预告……"

听了绘里子的话，木元、花形以及收到绘里子的消息赶回来的岩井和山村都屏住了呼吸。

然而，在数据库里并没有找到与留在现场的烟头上的基因相同的数据。眼下急需将两个案件联系起来的证据。

这时，片桐正独自一人在闹市区调查黑帮信息。

调查时，他发现了同样在此调查的小野田和川野。两人正要钻进车里时，片桐叫住了他们。

就在这时，川野的胸口中了一枪，倒了下去。

小野田和片桐立刻向他飞奔过去，川野的胸口已经满是鲜血。小野田抱起川野，环顾四周，看到前方的楼顶上有个端着来复枪的人影。

片桐朝对方举起手枪，却迟迟无法扣下扳机。

"你在干吗！开枪啊！"小野田大喊。但片桐只是站着不动。

万幸川野捡回了一条命，一个月后即可痊愈。他胸前的警徽挡住了子弹，再深上几厘米，就该当场毙命了。

又让犯人逃掉了。片桐垂头丧气地回到警视厅，被绘里子叫住问话。

"你在那干什么？谁让你去的？"

片桐一言不发地走掉。

绘里子去野立的办公室找他。

"从那么远的地方一击而中……犯人的枪法高明得可怕。"

"……犯人想干什么？"

"不知道。不过，片桐肯定知道点什么。你也知道点什么吧？"

绘里子尖锐地逼问野立。

"我这人向来不多管闲事，听了也马上就忘。这就是……飞黄腾达的门道。"

野立轻飘飘地避开了问题。但绘里子这次决意打破砂锅问到底。

突然，野立像演戏一样夸张地说：

"哦！这儿居然有档案库的密码！这可是只有部长级别的人才能看的东西啊。不得了，不得了。"

地上正落着一张写着密码的纸条，怎么看都像是故意的。绘里子谢过野立，捡起纸条，离开参事官辅佐办公室。一回到自己办公室，绘里子立马打开电脑进入档案库。入库需密码，绘里子输进野立的纸条上的密码。

平成十八年七月组织犯罪对策部追捕黑帮龙千会的谷本隆，此人三十九岁，涉嫌枪杀敌对组织的两名骨干。鉴于嫌疑人非常危险，对策部与搜查一课联合起来，全力以赴逮捕犯人。谷本不但射杀了敌对的清朝组的老大和二把手，还对赶来的警官开枪，使其身负重伤。

绘里子把野立叫到会议室。

"'谷本来自关西，对他的情况掌握得不够准确……'这是怎么回事？"

面对绘里子较真的眼神，就连野立也不得不认真起来。

"当时，大阪府警察和警视厅高层的关系不大好。大阪那边不愿意提供给我们具体信息，于是警视厅自己在那儿闹情绪，单枪匹马搞搜查。组织犯罪对策部居然都没搞清杀手的具体情况，这要是放在平时还不得……"

"太不像话了。"

"没错。但是当时上级强迫他们逮捕犯人……片桐就是接到了直属上司的命令而出警逮捕谷本……"

当时，片桐正要出警，被告知犯人携带枪械。谷本有重伤警官的恶劣前科，还携带枪械。片桐得到指示，一旦对方有可疑行动，立刻开枪。因此，武藤拿出手机时，便被片桐当做拔枪，毫不犹豫地开了枪。谷本为了试探警察，让武藤装扮成自己出现在废旧工厂，携带枪械也是假消息。

武藤的锁骨动脉破损，送上救护车后没过多久就失血身亡。

这个案子造成了大难题。上级于是通过操作媒体，捏造了这个小混混的前科，警察的行动也是出于无奈。另一方面，片桐受到咨问委员会的审查，案件被定性为片桐独断专行开枪而造成的。片桐因此被调往其他部门。自那以后，片桐就不再相信任何人了。出于对组织的嘲讽，他一到点儿就准时下班，再也没开过枪。

当时，片桐的上司就是小野田。

此时，片桐又接到了未知号码的电话。

"运气不错，居然被救活了。不过，下次可就不会失手了。"

变声器里传来挑衅的声音。

"……你想要什么？"

"想让你去死。只要你死了，我就收手。做不到吧？"

变声器里的声音窃笑起来。

"否则我就再让你见证一场死亡。"

"等等！如果我死了……你就真的不开枪了吗？"

"是啊……我的目标是你。看你活得这么逍遥，我实在无法忍受。"

犯人挂断电话。片桐若有所思地把手伸向枪套里的手枪……只要去死……

这时，绘里子出现了。

"为什么单独行动？"

"不想给别人添麻烦……"

"麻烦？说什么傻话。别逞强了，你打算就这么背负着三年前的误射活下去？"

绘里子训斥道。她要把片桐从感伤情绪里拽出来。

"我看了具体的调查资料。是谷本让武藤打扮成他的样子的……因为不知道这个信息，所以在当时开枪是情有可原的。"

"是我杀的。"

"……是啊。这个十字架……不会消逝。只能永远背负下去。但是……作为组织的一部分，你的行为没有错。如果我是你，我也会那么做。你现在既不该自暴自弃，也不该憎恨组织。再怎么逃避，受害者也不会减少。多抓一个犯人是一个，这就是刑警。你如果还算是个刑警，就去抓犯人吧。而且……不相信组织也没关系，但是……要相信伙伴。"

绘里子说完，就和片桐一起去了刑警部长室。丹波和屋田正一脸苦相地等着他们。

"同事中枪，你居然什么都没做？这问题可就严重了，只好把你交给咨询委员会。这三年的射击训练也完全没有成绩。你该不是永远不开枪了吧？已经当不了刑警吧。"

屋田把脸靠近片桐，残酷地说。

片桐面不改色，默默忍耐，绘里子代替他发言了。

"虽然您这么说……但片桐并没有错。"

丹波和屋田扬起眉毛。

"您去过现场吗？嫌疑犯所在的楼顶距川野刑警中枪处有一百米左右，片桐携带的M1911手枪的有效射程最多只有五十米，不但不可能射中犯人，反而会在犯人面前暴露自己，百分之百会被当成活靶子。"

面对绘里子有理有据的反驳，丹波理屈词穷了。

"可是有同事中枪了啊？"屋田不服输地反驳。

然而，绘里子的意志绝不轻易动摇。

"感情用事没有任何意义。片桐就算勉强开枪，也只会再增加一名受伤甚至牺牲的刑警。"

"你是想说，片桐是因为考虑到这个才没开枪？"丹波质疑。

"当然了。他既是一名神枪手,也是一名沉着冷静、有判断力的刑警。"

绘里子的话里满是对下属片桐的信赖。

"什么时候也让我们见识见识你的本领吧?"屋田冷笑道。

"如果有必要的话……"绘里子带着片桐离开了刑警部长室。

和片桐分别后,绘里子独自一人走在走廊上,却听到花形一声大叫:"这太过分了!"回头一看,花形正在顶撞小野田。

"片桐先生的那件事啊!三年前的事了。平时一副了不起的样子,背地里却那么恶毒!"

小野田的脸抖动得像斗牛犬一样。花形冲他那副大块头大喊大叫,简直像一只柔弱的小狗崽。

"花形!嚷嚷什么呢!到这边来!"

"我在会议室里都听到了!"花形特别激愤。

"真是不好意思,我的手下……"

绘里子卑微地溜到花形和小野田之间,深深地低头道歉。

"为……为什么会让这种家伙……"

绘里子猛地把还在气头上的花形的脑袋按了下去。

"给我低头道歉!"

小野田一语不发,气哼哼地离开了。

留下来的花形不服气地顶撞道:"老大!"眼里含着泪水。

"烦死了,给我闭嘴。小孩子家懂什么?在这里逞威风。"

绘里子严厉地斥责道。而片桐在远处把这一幕看得一清二楚。

夜已深,对策室还在加班加点。

"我把这十年的奥林匹克射击选手、退役射击选手、国家射击队队员都筛了一遍。联系上的人里,有四十三人在枪击那天没有不在场证明,还有五十二人联系不上,目前还在调查中。"

木元汇报道。

绘里子问木元和岩井:

"片桐的事,你们都听说了吧。"

"嗯。"

"也就是说,目标是和误射事件有牵连的人?"岩井问。

"很有可能……"

"武藤有家人吗?"

"听说没有……"

这时,花形拿着一个包裹走了进来,是第三个被墨水染红的模型。

这又是在暗示谁将被杀吧?

"下一个是片桐先生吗?"花形在颤抖。

"不，不是……是小野田先生。"

片桐走了进来，把手机里的录音放给大家听。

"……还要让你再见证一场死亡，请期待明天。"录音里这么说。要让片桐再见证一场死亡。与三年前的误射事件有关的人，除了片桐和川野，还有身为上司的小野田。也就是说，下一个目标除了小野田之外，别无他人。

绘里子前去警告小野田。

"是要我把明天的日程都取消吗？"小野田说。但绘里子只提出："由我们负责保护。"

"你们打算让我中枪，然后在那儿逮捕犯人吗？好吧。如果我是你，也会这么干。作为交换条件……你们无论如何都要把他抓住。"

小野田冷笑一声。

绘里子表示，要向上级说明这个案子可能与三年前的黑帮成员误射案有关。小野田却说，上级自会处理好问题。

和小野田说话时，绘里子突然想到一件事。

绘里子觉得，作为警部级别的上司，既然关于目标的信息如此模糊，是没道理直接下达射击命令的……很明显，内中有更大的幕后力量在运作。

绘里子打开数据库，重新筛选关于当年事件的档案。

第二天，对策室全体成员出发保护小野田。所有人都在外套下穿了防弹背心。绘里子带小野田上车，片桐、花形、岩井、木元的车跟在后面。但是，有一个人不在。山村不知为何没来上班，岩井打他电话也打不通。这么重要的日子，他究竟在搞什么啊？

山村该不是准备结婚而得意忘形了吧？花形和木元听岩井这么一说，吓了一大跳。

然而现在没精力管他，只能集中精力保护小野田了。花形紧紧跟在绘里子的车后。

"我们的信息被泄露了……"坐在车后的小野田轻声说。

"嗯……很多事情都被泄露了。"绘里子表示赞同。

"是警察内部的人？"

"恐怕是……三年前被枪杀的武藤先生，据说没有家人吧？"

"嗯……据说是。"

"所以……案子才能简简单单地了结了……我注意到一件事。三年前……指挥您的是……屋田先生吧。武藤先生被枪杀是因为被误认成了谷本，这个信息也是……从屋田先生那儿来的。我调查了当年的数据库……关于射杀命令，档案里是一片空白。而且，没有嫌犯的确凿信息，您是无权下令开枪的。那时候和大阪府警察交恶的上层领导只有屋田先生一个人。另外……当时他的对手野立招罗了一帮女警，开设了生活安全特别课，备受瞩目……作为负责组织犯罪的领导，屋田先生相当焦虑……"

"都是过去的事了。我无可奉告。"

小野田生硬地说。

绘里子看着古板的小野田，忍不住笑了出来。虽然在办案中二人经常互视对方为对手，绘里子却对他笨拙的处世之道很感共鸣。

突然，绘里子灵光一闪，来了个急刹车。

"如果……犯人也知道这件事的话……"

"怎么会……这么内部的信息……"

"但是，被枪杀的武藤先生也是黑帮成员吧？对黑帮成员来说，警察的内部信息可是生存基础啊。"

屋田参事官今天去了日本体育场，因为韩国总统要来观看日韩足球赛，他正在进行保安措施方面的准备。绘里子得知此事，迅速赶往体育场。

犯人的目标难道不是屋田吗？而且，犯人不知用什么手段搞到了内部信息，肯定会在运动场现身。

车还在飞驰，绘里子却接到了山村的电话。

"我是山村！犯人……是女人！"山村尖声说。

"西山菜菜美！前奥运会射击候补选手……"

和山村订婚的陪酒小姐西山菜菜美原来还有另一重身份！

昨晚，山村被菜菜美灌醉，在她的公寓里睡着了。醒来后他没找到菜菜美，却在房间里发现了已故武藤的遗照，墙上贴满了当年案件的剪报，其中还有武藤和菜菜美的合影，神态亲密，一看就是恋人。

墙上还贴着片桐和川野的偷拍照，照片上做了红色记号。还有一张照片上也有记号，那是屋田的照片。

菜菜美通过山村搞到了警视厅内部的信息。

菜菜美为了射杀屋田，应该已经在赶往体育场的路上了。绘里子他们打开警笛，加速前进。

蒙在鼓里的屋田正在运动场打头阵指挥保安工作。突然，在他转身的时候，有个东西擦着他的身体飞了过去，钢筋脚手架上传来被来复枪子弹击中的声音。

谁在开枪？屋田迅速躲开，身边却接二连三传来来复枪的响声。四周的警察们也一起逃走了。

"快趴下！"

绘里子终于在紧急时刻赶到，全力以赴地保护屋田。

花形带枪冲了出去，却被子弹打掉了手枪。木元扶着受伤的花形逃向隐蔽处。

绘里子朝开枪的方向望去，只见电子屏左侧有个疑似犯人的身影一闪而过。

绘里子跑向电子屏，但等她赶到，犯人已经不见了踪影，只剩下一架来复枪。

绘里子在巨大的运动场里来回搜索菜菜美。

究竟找了多久呢？走廊对面，屋田的身影闪过。绘里子刚松了口气，却发现他背后有个女人。

女人面无表情，以手枪指着屋田的太阳穴。

西山菜菜美。

黑色紧身衣让她的曲线更加迷人，一双黑眼睛正如射击高手般射出精光，浑身散发着不可小觑的气场。

枪口前的屋田脸色惨白。

"把枪放下。"

在菜菜美的要求下，绘里子无可奈何地弯腰把枪放在地上。

"住手！"

此时，片桐从观众席飞奔而至，他的枪口对准菜菜美。

"够了。"片桐对菜菜美静静地说。

"就算你这么做……武藤先生也不会开心的。"

"真正的幕后黑手……是这家伙。"

然而,菜菜美只是仇恨地看着屋田。

"向你……下达射击命令的也是他。"

"果真如此吗。"

片桐一下子把枪口掉转向屋田。屋田满脸恐惧。

一瞬间,菜菜美的姿态露出了破绽,绘里子没有放过这个机会。

"开枪!"

在绘里子发出命令的同时,片桐敏捷地把枪口再次对准菜菜美,迅速扣下扳机。子弹精准地打中了菜菜美的手腕,枪从她的手中滑落。

绘里子以迅雷不及掩耳之势冲上去扑倒菜菜美,倒剪双臂将她制伏。

片桐的枪法丝毫不逊于当年。

菜菜美被戴上手铐带往警视厅。片桐走到她身边,深深低下了头。

"非常抱歉。"

"……最后一个给他打电话的人……是我。我一直觉得……

他是因为这个……才中枪的……一直这么觉得……"

如果当时没有打那个电话……菜菜美为此一直备受煎熬。

"我会……替你……送花的……"

片桐心头五味杂陈，只说出了这么一句话。

菜菜美一语不发地跟着警察离开了。

绘里子靠过来表扬片桐：

"枪法真不错……不愧是神枪手。你也……别再活在回忆里了。"

看着被带走的菜菜美，屋田恨恨地嘟囔道。

"真是的！这女人的脑子有病吧？"

绘里子来到屋田面前，定定地望着他的眼睛。

"……怎么了？"屋田吓了一跳。

"您没事就好。"

绘里子表面上礼貌，却打心底里鄙夷屋田的卑劣。

和菜菜美结婚的美梦破灭了，山村追向她坐的车，却晚了一步，车已经开走了，连再见都没说成，山村垂头丧气。

"不过……山小村完全被无视了啊。菜菜美内心深处只是在利用他吧……"

岩井对山村深表同情。

"大概只是被当成了一个'话很多的蚕豆'……"

木元却毫不客气。绘里子对山村大发雷霆，虽然从结果上来看是山村搞到了犯人的信息，但上了女人的当，泄露内部信息，还不积极参加调查，简直不可饶恕。

那天，片桐带着束花来到武藤去世的地方。

菜菜美去运动场之前已经来过了吗。拐角处已经放了一束鲜花。片桐轻轻合掌，低语道：

"我会努力的。"

他侧脸上原本的迷茫已经消散了。

那天晚上，野立举办了久违的野立会，满怀期待地走进日式居酒屋的包间。

"您辛苦了，萨曼莎·撒乌萨。"

说着拿手的开场白掀开帘子，却看到对策室的人全员在场。

"搞什么啊……为什么你们也在这儿？我没叫你们啊！"

"不是挺好的吗？野立先生。"岩井带着醉意笑着说。

"这次是山村先生的遗憾会。"花形也附和道。

"山小村被甩了啊。"木元解释说。

"说什么傻话！有山小村在，整个野立会的帅气指数都被拉低了啊！给我回去！"

山村被野立的冷漠刺伤，木元则学着绘里子的口气安慰他：

"哭也没关系……我不会看的。"

山村不管不顾地大哭起来。

"什么？居然点了生鱼片豪华套餐？去吃免费赠送下酒菜去！下酒菜！"

野立正在欺负山村，却看到玲子和片桐走了进来。

"那个白吃白喝的会，就是在这里吗？"

玲子坐到山村身边，温柔地把手放在他的肩上安慰他。

野立的心情立时好转，向片桐搭话：

"啊，你终于来了。咱哥俩好好玩玩，我们可是最帅二人组。去搭讪吧，搭讪！"

"不用了，我只想在这儿好好歇歇。"

片桐坐在岩井身边。

自从对策室组建以来，大家是头一回这么聚在一起喝酒。片桐想起绘里子所说的"伙伴"。

野立终于放弃了抗拒，把这帮怪人当成了伙伴，愉快地玩起了国王游戏。

在欢乐的氛围中，夜色渐深，此时绘里子却独自一人待在对策室里。

　　给浩打电话,没人接。

　　绘里子的叹息声在寂静的对策室里回荡。

案件 09

"哪里不对？哪里呢？这种异样的感觉……"

下属们围坐在特别犯罪对策室的讨论桌前吃饭，绘里子看着他们，却陷入沉思。岩井体格健壮，却吃着以蔬菜为主的健康午餐。身材瘦削的木元却对着拉面和盖饭狼吞虎咽，据说是怎么吃都吃不胖的体质。看上去干瘪的山村像肉食动物一样只吃肉。说难听了是粗神经的花形却把炒饭里的豌豆仔仔细细地夹起来一颗颗吃掉。

最让绘里子惊讶的是片桐，他仍是一副虚无的表情，正皱着眉头吃餐后泡芙。一问，说是吃甜点能消除疲劳……

"真是人不可貌相啊。"

对策室组建快三个月了，与下属的交流顺畅了不少，但此时绘里子却发觉他们身上还有很多她不了解的地方。

"一眼就能看穿的人不是很无趣吗？"

片桐说，胡子上还沾着奶油。

"就是。只有一面的人反而更可疑吧？"

这话从岩井的嘴里说出来似乎更有说服力了。

的确，在做罪犯侧写时，这一点非常重要。

"不过嘛，有的人还真是表里如一——……"

木元这么一说，四人都齐刷刷地看向绘里子。

突然，房间摇晃了起来。小型地震。大家都淡定地坐着，只有绘里子以惊人的速度滑到了桌子下面。绘里子也有意料之外的一面啊!

这样的绘里子其实是个很敏感的人。最近她和浩总是约不到一块儿,让她心里很不好受。她悄悄跑到走廊上,正犹豫着要不要给浩打个电话。绘里子不想被部下看到她"女人"的一面。就在这时,电话来了。

"想男人呢?"电话里传来一个戏弄的声音,是野立。

抬头一看,他正在附近笑眯眯地看着这边打电话。

"要不然,和我谈谈心吧?"

"会有人找搭讪男谈心吗?"

"当然有!都说我能让她们忘记一切,我可是大受欢迎呢。"

"我倒没什么特别想要忘记的东西。"

绘里子干脆地拒绝了野立,打算离开。

"等等嘛。你们可是被选中了去当警察代表。"

就这样,绘里子作为警察代表,去参加"儿童家庭帮助圈"研讨会。

木元和花形也以学习的名义一同前往。

相关医疗机构、托儿所、幼儿园、中小学校等单位代表聚集在巨大的会场里,看来这次活动很受关注。

"打起精神,我们是警察代表。"

看着畏畏缩缩的花形，绘里子叱责道。

"什么代表啊，反正也就是被逼着在媒体面前装装样子吧。"

木元泼凉水道。

"没那回事。为了迅速破案，和各单位搞好关系是非常重要的。"

主办者西名亘走上讲坛，他的右脚有些跛，穿着朴实的西装，戴眼镜，看上去非常稳重。

"非常感谢各位在百忙之中来到活动现场。本次会议以预防和早期发现儿童受虐待为目标，结成儿童家庭帮助圈，及时发现有受虐迹象的儿童，以采取适当的措施。"

根据资料，西名今年四十五岁，正值壮年，是庆政大学的教授。他是儿童心理方面的权威，积极举办各种活动，以帮助受虐待的儿童。

"……西名老师！？"

花形一看到西名就叫了出来，看来两人认识。

研讨会结束后二人打招呼，西名见到花形非常高兴。

"居然当了刑警，真让人大吃一惊啊。"

"是！啊，这货就是我们的老大。"

"这货……"绘里子本想发火，却还是换上一张笑脸，和西名打招呼。

"您好，我是警视厅特别犯罪对策室室长，大泽绘里子。"

"您好，我是庆政大学心理学系的西名亘，非常感谢您的帮助。"

花形之前在当巡警的时候，曾经照顾过被父母忽视的孩子，当时他曾经向西名咨询。

"说实话，我小时候也被虐待过。我的脚就是在那时落下了病根……虽然算不上是因为那段经验才导致了我后来的选择，但我想帮助有相同痛苦的人，于是开始奔走活动。"

"就是因为认识了老师，我才从单纯的憧憬变成下决心一定要当刑警！"

看到花形纯真的模样，绘里子也不禁欣慰起来。

来给研讨会帮忙的研究生增田洁和仲西洋介走了过来，向西名报告说行李已经整理好了。

"哎呀，谢谢。"

看到他和学生打交道的样子，就能感觉到他很受学生的信赖。

"那我先走了。以后也请多多关照。"

西名笑着离开了。

"这人真了不起。"

就连总爱冷嘲热讽的木元也毫无保留地赞扬他。

"确实,要向人家学习。是吧,花形?"

绘里子拍了拍花形的背,以示鼓励。

回到警视厅,绘里子又被丹波叫去了。绘里子做好了肯定没好事的心理准备来到刑事部长室,接到了一桩猎奇杀人案的调查任务。

"现场非常可怕,尸体被砍得一塌糊涂。这种案子必须在媒体炒作之前解决掉。"

"不论什么案子,我都打算尽快解决。"

屋田从绘里子的回应中感觉到了轻蔑,他面露不快。

小野田组已经开始行动了。绘里子他们也开始了紧急调查。

受害人名叫柏原秀雄,五十六岁,是一位货车司机。死亡时间推测为六号凌晨一点到三点之间,犯罪现场是大田区的一间公寓。

案发当晚,受害者在附近的居酒屋喝了几杯后回到家,被人用匕首割断了脖子,当场死亡。但是,受害者死后仍然被刺了二十多刀,说明罪犯相当仇恨他。而且,门从外面锁住了,让案发现场成为了密室。

受害者有一个独子,小野田正在对其进行调查。

绘里子指示岩井和山村去调查受害者的仇家以及他案发当天

的行踪，片桐则与科学搜查研究所一起做进一步的化验。

木元和花形跟着绘里子去现场取证。

案发现场的公寓里，血溅得到处都是。

"锁孔里有磨痕，应该是从外面用工具关上的。"

听了木元的汇报，绘里子注意到一件事。

"……犯罪过程貌似冲动，但也有冷静之处。"

很有可能是多人犯罪。

回到对策室，片桐拿来了科学搜查研究所的化验结果。

"从尸检结果来看，犯人很有可能是左撇子。另外，尸体上的伤痕有些是斜着的，还有些只划伤了表面，恐怕犯人是在匕首折断之后仍在继续攻击。"

"过度伤害……"

绘里子有了想法。过度伤害指的是在不必要的情况下过度攻击对手，会对受害者进行过度伤害的人都是无法自我控制的人。

"但是，犯人不仅擦去指纹消灭证据，还使用了开锁工具。现场的情况也表明犯人不止一个。也就是说，犯罪既是典型的冲动'无秩序型'，也是有计划地消除作案痕迹的'秩序型'。"

真的是多人犯罪吗？

"是两个性格截然相反的人一起犯案吧……"花形说。

山村调查了公寓附近，没有得到什么有价值的信息。岩井在受害者常去的五反田居酒屋那儿发现了一个和他交恶的人,内藤政史,二十五岁,有故意伤人和盗窃前科。

对策室又分散开来,各自调查。

片桐和花形前去内藤的公寓拜访。内藤一看到柏原秀雄的照片就开始装傻,问他六号在干什么,他也只是一个劲地说不记得。

"明白了。如果想起什么,请联络我们。"片桐递给内藤一张名片。

"也请您把手机号码写在这里。"花形把手账和笔递给他。

内藤用左手拿起笔。

他是左撇子。

也许他就是犯人。

但是他们没得到任何决定性的信息。

山村去文身店调查,但和内藤打交道的那帮人都很自然,没发现什么可疑人物。

岩井到内藤一个月前工作的工厂去调查,然而内藤似乎相当孤僻,和谁都不大熟。

"内藤是无辜的。"

木元去了内藤常去的场所调查后断定道。

"案发时,他在大井町的停车场参与了一件伤人案,他的哥们全招了。这是防盗摄像头拍下的画面。"

木元出示的照片上,能看到内藤和一个吊儿郎当的男人正在停车场对人施暴。

"难怪不敢说不在场证明啊。"花形遗憾地说。

内藤这条线被否决了,只好从头再来。各人又一次开始调查受害者的身边人。

第二天,调查受害者家庭关系的小野田组那边有了消息,受害者有个十年没见的独生子,几乎断绝了父子关系。受害者在二十八岁时奉子成婚,又在三十四岁时离婚了。

离婚的原因是虐待幼子。他一喝醉,就会对妻子和当时才六岁的儿子拳脚相加,于是妻子扔下孩子跟别的男人跑了。

这个儿子名叫柏原直人,现年二十六岁。三年前结婚有了孩子,却和父亲一样有暴力倾向,虐待自己的孩子。

"连环虐待,是遗传吗……"绘里子皱起眉头。

"他或许还在恨着他父亲。"山村说。

"柏原直人似乎对自己的虐待行为相当苦恼,还去'虐待求助网站'咨询过。"

片桐的话让绘里子恍然大悟。片桐的汇报中提到的"虐待求助网站"正是由之前她在研讨会上认识的西名经营的。

绘里子和花形一起去庆政大学拜访西名。

"被杀的父亲曾经虐待过他的儿子,这位儿子就是到您这里接受过咨询的直人先生。"

听了花形的话,西名瞪圆了眼睛。

"据说您办了一个"虐待求助"网站。您是在那儿认识直人的吗?"

"网站上可以自由地留言,如果想要做一对一的咨询,也可以发问询邮件给我。我收到了他的邮件,就给他做了辅导。"

西名给两人看了柏原直人的档案,其中夹有一张直人的照片,直人的背上有烧伤的痕迹。

"他小时候曾经被父亲泼过开水,到现在背上仍留着伤疤。你们认为他曾受过虐待,因此对父亲起了杀意?"

"不,还没到那个程度。"

西名袒护柏原道:

"他不可能那么做。受虐的孩子很少憎恨父母,大部分情况下,他们只会深信:被虐待是因为自己犯了错,所有的问题都出在自己身上。直人也是一样,他渴望总有一天能被父亲承认、接受。他自己重蹈父亲的覆辙,是因为他的心理无法取得平衡。请看这张表。养育子女过程中的不安和孤独都对虐待有很大影响,他的主要烦恼就是'不安',怀疑自己是否有能力抚养孩子……"

说到这儿，旁边的电脑传来了新邮件的提示音，西名站起身来走向电脑桌。

重新环顾四周，花形注意到办公室里摆满了飞机模型。

"老师喜欢飞机吗？我也喜欢呢。我最喜欢的战斗机是F-16[①]。"

"哦，受我弟弟的影响，好歹知道点儿皮毛。"

看来西名有个弟弟。

聊了一会儿，绘里子和花形打算告辞，西名也顺便一起离开，却在电梯前和他们分别了，说是因为平时完全不运动，为了健康，要爬爬楼梯。

片桐和岩井找柏原直人了解情况，得知他在父亲秀雄被杀当天，曾经去父亲家打算见面。但是，两人已有十年没见了，发现父亲有客人之后，他就直接回去了。

"柏原说他看到的男人一身黑衣，身高一米七至一米七五，年龄在二十多岁到三十好几之间。年轻男人进去后，他等了十分钟左右都没见他出来，只好回家了。实际上，他从头到尾都没下车。"

片桐向绘里子如此汇报。

---

① 美国空军轻型战斗机机型。

"编得还挺圆嘛。"岩井对柏原的口供表示怀疑。

绘里子指示两人去调查柏原口供的真实性,没想到这个问题轻而易举地解决了。

科学搜查研究所的玲子检验了柏原车里的尘土,没有发现案发现场的尘土。如果他下过车,或多或少会把案发现场的尘土带到车里。看来证词是真的。

第二天早上,又发生了一件命案。

这次的受害者是町田孝司,五十六岁,职业是土木技师。凌晨五点三十分,一位慢跑的女性发现了他的尸体。和第一个案子中的作案手法相同,也是用匕首割断喉咙后又往尸体上刺了很多刀。

这次的犯罪现场同样有着残忍粗暴的杀人行为留下的痕迹。然而,现场周围的脚印全被清除了,作案后确实进行了善后。这样看来,与柏原秀雄杀人案的犯人应该是同一个人。

"连脚印都细心清除的'异乎寻常的神经质的一面'和全然相反的'野兽般杀人的一面'……"

木元一面反复查看现场一面说,绘里子却感到这样的杀人手法背后一定另有隐情。

连续发生了两件离奇的杀人案,媒体已经开始骚动,新闻报道铺天盖地。

绘里子又被叫往刑事部长室。

"你们在搞什么？让警察的威信往哪儿搁！"

丹波把写着"恶魔连环杀人犯 调查迟迟没有结果"之类耸人听闻的标题的新闻往桌上一摔，怒吼道。

"对不起。"绘里子干脆地低头谢罪。

"再这么拖下去又会被媒体抓住把柄！"屋田继续道。

"搜查一课必须尽快逮捕犯人！"

丹波又开始批评小野田。

"非常抱歉。"小野田也低下了头。

像是要缓和房间里的紧张气氛，野立开始调侃：

"我们也一定会好好对付媒体，尽快逮捕犯人的。是吧？"

"要是再出事，有你们的好看。"

被丹波反复提醒，绘里子只能重新打起精神。

"第二件案子一出来，媒体就开始骚动了。"

"真是服气。别再折腾我们了，根本招架不住。"

岩井和山村也感到了压力。

"之前我就觉得有点怪……为什么我们几个会被分配到对策室来？是野立参事官辅佐把我们调来的吧？"

山村突然问了一个如此朴实的问题。

"是呀,这不是完美的人选吗?也就是说,我是被野立先生看中的男人啊。"

岩井随意解释了一通,飘飘然起来。然而,山村却在意起总被当成靶子的对策室的存在意义。

"我调查了这次案件的受害者的资料,发现他也曾经虐待过自己的孩子。"

片桐将搜查资料交给绘里子。

"两个案子的受害者都是虐待子女的父亲……"

"受害者的孩子通过虐待求助网站向专业人士咨询过。"

虐待求助网站是由西名教授经营的。

"也就是说,犯人可能是浏览这个网站的人?"岩井说。

"不,受害者的孩子是通过一对一服务进行咨询的。网站上有这样的系统,只要把咨询内容填在问询表格里就能直接发送邮件了。"

能看到邮件的人只有两个研究生和西名教授,总共只有这三人。绘里子指示大家分头调查三人的不在场证明。木元负责分析寄往"虐待求助网站"的咨询信的列表。

"老师被怀疑了吗?"花形似乎有些不情愿。

"当然了,所有能看到邮件的人都是嫌疑人。"

绘里子拽着无精打采的花形赶往庆政大学。

"怀疑老师？您是认真的吗？"

"花形，办案不能掺杂个人感情，这是铁律。"

"可是……"花形步伐沉重。

绘里子来到西名的房间，告诉他又发生了命案。

"又……发生了吗？"西名脸上阴云密布。

"这次的受害者是町田孝司，五十六岁。受害者的儿子和您有过好几次邮件咨询记录。"

"和我？"

大吃一惊的西名急忙去确认咨询列表。

"……确实收到过他儿子的咨询。"

"因此，虽然只是例行公事……我们想确认一下您在案发当天的不在场证明。"

"案发当天吗？嗯，稍微等一下。"

西名站起身来，从自己的桌子上抽出一本厚厚的手账。

绘里子注意到鼠标放在电脑的左边。西名明明应该是右撇子啊！

问到六号和昨天凌晨一点到三点之间的行踪时，西名苦笑了。

"还真是够晚啊。那个时间我从来不出门，都待在家里。这应该不能成为不在场证明吧。"

"您的弟弟呢?"绘里子问。

"咦?"

"那个,您之前曾说过您有个弟弟对吧?住在一起吗?"

"啊,没错,住在一起。不过那时候我已经睡了,没有……见到他。"

"这样啊,太遗憾了。如果弟弟能提供证词,就是另一回事了。"

"真伤脑筋。不在场证明啊,那我再找找看能不能发现点什么,否则这样下去,老师我就要被抓进去了。"

西名天真地笑了。绘里子为了不表露出逼迫西名的样子,也努力灿烂地笑了。

"非常抱歉,突然问了您这些莫名其妙的问题。以后可能还会有些事需要问您,希望您能配合我们调查。"

第二天早上,发生了第三起命案。

第三起案子发生在一条通往空地的人迹罕至的路上,一刀割喉后往尸体上刺了二十多刀,杀人手法之残暴,和之前的案子相同,但这次,现场留下了脚印。

"和之前的手法不一样,也许这次和之前的案子没关系?"

绘里子并不赞同花形的想法。有什么地方不对劲。

案发现场的脚印是由零售店常见的普通鞋款留下的，无法通过脚印确定犯人。毫无头绪。

增田和中西这两个学生也没有不在场证明。花形不情不愿地又跑了一趟庆政大学。

"来得正好。我们做了本家庭互助网络的小册子，正想给你一份。小册子，小册子……是在增田同学那儿吗？"

西名打开增田的柜子，只见里面有一把沾血的匕首。

经检验，匕首上有增田的指纹。案情一下子有了突破口。

但是，再怎么审问增田，也只得到了"不知道"的回答，说是案发时他正在教授办公室，因为公共电脑上有摄像头，就在电脑上和人视频聊天。

绘里子在隔壁旁听完审问，指示山村和岩井去收集大学里的监控录像。

"……老大，您有事瞒着我们吗？"木元问绘里子。

"嗯？"

"我看出来了，您掌握了什么线索。"

木元只是单纯地觉察到绘里子并不认为增田就是犯人。

"现在还没有确凿的证据。这会儿就算告诉你们，只会让调查更加混乱。但是，如果……我推测的犯人形象是正确的话，这将会成为一桩连我从未经历过的案子。"

绘里子究竟推理出了什么呢？木元毫无头绪。

监视摄像头在案发时间确凿无疑地拍到了增田。增田不是犯人。

"那么匕首上的指纹又是怎么回事？"岩井摸不着头脑。

"指纹是可以通过特殊材料转印的。"绘里子说。

为了让增田被怀疑，有人故意把他的指纹转印到了匕首上。究竟是谁干的？

就在这时，木元完成了咨询邮件列表的分析。从咨询邮件中发现，三件案子都有四个相同的关键词。

开水　离婚　单亲父子家庭　幽闭恐惧症

绘里子一遍遍反复播放监视录像。看着看着，她突然灵光一闪。

为了防止悲惨的杀人案再度发生，必须把犯人引出来。绘里子下了决心。

首先，让木元写一封包含这四个关键词的咨询邮件，发往"虐待求助网站"。

犯人肯定会上钩。

在单亲父子家庭中生活，小时候曾经被父亲虐待过，在信里倾诉着自己的烦恼，又写道：那位父亲会去参加某个研讨会。

研讨会当天，绘里子他们分头守卫在会场各处，通过无线电联络。然后发现西名从入口进场了。

在入口把守的花形眼睁睁看着西名从面前经过，大受打击。西名却神情凝重。

犯人是西名吗？为什么？花形无法相信。

绘里子他们已经在研讨会的休息室等待西名。门打开了，西名左手握刀走了进来。

花形绝望了。

"请放下匕首。"

绘里子静静地说。

绘里子和花形以及其他人——刑警，挡住了西名的去路。

西名向身边的弟弟启介望去。

都说了在这种人来人往的地方下手是不可能的，不是说了很多次收手吗？不断杀死和我们的父亲一样虐待子女的人，这样做又有什么意义呢？他已经竭尽全力清除了启介杀人的证据，但是证据不可能被完全消除呀。不是警告过他，总有一天会被抓住吗？

西名悲伤地望向启介，却发现刚刚紧握匕首面露凶光的启介已经不在了。

"要放下匕首的是您，西名老师——"

听到绘里子的话，西名突然回过神来。为什么他的手里握着匕首呢？他下意识地把匕首丢在了地上。

"您患有解离性障碍，也就是所谓的多重人格。启介先生活在您的身体里。"

西名一时无法理解绘里子的话。

"西名老师和弟弟启介先生小时候受到过父亲的残忍虐待。父亲往他们身上浇开水，然后把他们关在狭小的壁橱里，一关就是几个小时。这样的日子持续了好几年。启介先生没能从受虐待的阴影里走出来，在三十岁时杀死父亲后自杀了。西名老师发现了这件事，却无法接受启介先生已死的事实，于是他只好在心里创造出一个启介，以保持内心的安宁。"

"你在说什么？"西名大脑一片混乱。

绘里子继续冷静地说道。

"启介先生在四个关键词的刺激下一次又一次犯下罪行，每个关键词都是你们在虐待中所受的痛苦。不能坐电梯也是因为被关进壁橱而患上的幽闭恐惧症。所以,我们写了一封含有这四个关键词的假咨询邮件,把你们引了出来。西名老师,很多人都得到过您的帮助。但是,现在轮到您一面偿还罪孽,一面好好接受治疗了。"

西名的意识开始崩溃。

"我不会上当的。启介先生还活着,他现在不就在我身边吗?启介……我弟弟……还活着!还活着!"

西名的眼神突然变了。他捡起脚边的匕首,向绘里子扑过去,像是突然换了个人。他发出疯狂的咆哮,那位沉稳的西名老师已消失不见。

"拿下他!"绘里子毫不畏缩地毅然喊道。

随着这一声令下,片桐和岩井向西名扑了过去。片桐把西名持刀的手猛地按到墙上,匕首掉了下来。岩井则以他擅长的柔道一口气把西名撂倒在地。片桐和山村也扑向仍在挣扎的画面,三人一起将他压制住,只有花形无能为力地呆站在一旁。

"花形!把他铐上!"

绘里子严厉地说。然而,花形满眼含泪,一动不动。

"花形!"

终于,花形走向西名,流着眼泪为他戴上手铐。

西名被带去警视厅，送进审讯室后，恢复了之前的沉静。

"深信弟弟还活着，连自己有多重人格都没意识到。"

木元悲伤地望着垂着头的西名。

"造化弄人啊。自己是专家，居然患有多重人格分裂。"

岩井也一时无法接受。

"老大是从什么时候开始意识到老师有多重人格的？"山村问。

"在教授办公室里。西名老师本来应该是右撇子，鼠标却放在了电脑左边。"

"多重人格连惯用手都会改变吗？"片桐一脸惊讶。

"人格改变时，宿疾消失，惯用手改变，这些都不算稀奇。一般来说，多重人格是由无法忍受的悲惨经历而产生的，深信'这样的事不会发生在自己身上'，因此产生了与自己完全不同的人格。"

绘里子看到监控录像后就肯定了西名是独自一人犯案。明明瘸了腿，在录像中却在正常走路。

"当西名老师的人格变成启介先生时，他就能正常走路了。是转换障碍，西名老师深信自己因为虐待而瘸了一条腿。案子很可悲，但犯罪就是犯罪。嫁祸给没有不在场证明的学生的，不是弟弟的人格，而是西名老师的人格啊。"

"人还真是不可貌相。"

岩井的话让大家心里一紧。

"但是,西名先生迄今为止拯救了数不胜数的受虐待的孩子,这也是事实。"

即便如此,花形仍在袒护西名。

"是啊。但犯罪就是犯罪,嫁祸给没有不在场证明的学生的,是西名老师自己啊。"

巡警时期,花形从西名那里学到了很多东西,一直将西名视为人格高尚的人,他无法接受案件真相是可以理解的。但是,事实就是事实,必须承认,这就是刑警的工作。绘里子希望尚且青涩的花形能从这次痛苦的经历中吸取教训而成长。

结束调查回到对策室,时间已经不早了。今天是全体加班。

"怎么突然觉得这么难过呢?"

"是啊……"

岩井和山村一反常态地沉重起来。

"这种感觉就像陪酒小姐卸妆之后完全变了个人一样。"

"好像不太对吧?"

木元直截了当地否决了山村低俗的比喻。

"就像终于明白初恋不可能有结果一样。"

"应该也不是吧?"

岩井的比喻也被驳回了。

"花形，今天去喝一杯？"

片桐向垂头丧气的花形搭话，这可是前所未有的事。

"也是，大家一起去吧。"

绘里子鼓动大家。说实话，今天本来约好了要和浩见面，不过因为了结这桩案子已经迟到好久了。而且，作为上级，她有责任照顾好下属，只好在心里向浩道了声歉。

"老大说她请客！"

"谁说要请客？"

岩井一闹腾，绘里子便严肃起来。也不能太宠着下属。

"请不请客有什么？大家一起喝个痛快，对吧？"山村轻轻拍了拍花形的肩。

"抱歉，我……"

花形被大家的温柔深深打动。

看到对策室变得更团结了，绘里子也开始细细品味这份欣喜。起初还担心不知最后怎么收场，结果大家都成长了不少。

就在这时，野立走了进来。

"哎呀，人都到齐了。"

"怎么？"

一向带头胡闹的野立今天反常地严肃。

"讲一件重要的事：特别犯罪对策室从今天开始被停职处分。"

整个对策室的气氛瞬间冻成了冰。

案件 10

由于突如其来的"停职处分",对策室众人被指派去人手不足的生活安全课打下手。

抓偷东西的小学生、找偷内衣的小偷、出席讲座防止老人被假装成儿女的骗子诈骗……这些细碎的工作虽然也值得尊重,但大家都或多或少感到精神紧张。

不管怎么说,"运用在发达国家已经得到普及的罪犯侧写、信息分析、科学调查等专业搜查技术处理恶性犯罪",这才是对策室的工作啊!

那么,他们为什么非得去教育偷了钢笔橡皮的自大少年呢?

绘里子气得要把垃圾桶踢飞,只好去找野立泄愤。

"我只在这儿跟你说,之前屋田参事官是打算解散对策室的。我劝他下达停职处分,已经算是转移注意力了。"

野立开导绘里子的话里似乎另有隐情。自从对策室组建以来,绘里子就一直无缘无故地被屋田欺负,但说什么也不至于要解散吧!

"我觉得……和之前的片桐误射案有关系。到头来,三年前的案子被翻出来了,屋田参事官应该很有危机感吧。"

"那件事的惩罚?有意见的该是我们才对吧?"

"就是说。不过,这样他也就能消气了吧!"

哎呀哎呀!所谓组织就是这么一个讨厌的东西。

"这次的表彰大会,总监会来吗?"

"哦。本来打算让对策室也去帮忙的,现在这样,没辙了。"

警视总监大山源藏在绘里子还是新人的时候一直很照顾她。本来还以为这次能够久违地见上一面,实在太遗憾了。

"哎呀,这件事我肯定替你会好好办的。"

"又想出风头……"

"嗯,这样就离总监的位置更近一步了。你也要努力啊,要对偷东西的小学生严加管教才好,严加管教!"

野立的轻浮越来越让人烦躁。再加上平时累积的压力,绘里子已处于爆发的边缘。

回到对策室,气氛依旧沉闷。所有人都垂头丧气,游手好闲。

花形一脸不满地看着绘里子。

"别这么看我,我和你一样不满。"

"好想赶紧听老大再说那句'有案子了'……"

花形模仿绘里子。

"别闹了,赶紧去写笔录。"

花形一如既往地顶着一张可爱的脸,让人心烦。

这时,山村和木元搜查完接连发生在大街上的爆炸案,老大不情愿地回到了对策室。

"说是爆炸……但根本没人受伤,只不过是垃圾桶烧着了而已。"

山村毫无干劲。

"但这已经是第二次了,好歹也算是连环爆炸案吧……"

"第一次只不过是在大街上的垃圾箱里爆炸了……哼,这种玩意儿,小孩的恶作剧而已,在网上看了点教程就学着做炸弹的傻小子干的吧?"

"山小村……黑暗面又冒出来了哟!"

木元责备道。

这两人本来就对工作不积极,但三个月以来在对策室体验了惊心动魄的生活,再也回不到从前了。

过了一会儿,玲子从里间走了出来,似乎有些愁眉不展。

"是有倒计时的炸弹,使用的化学成分是过氧化苯甲酰,和第一次一样。问题是……从爆炸物中的手表碎片里找到了指纹……"

"在数据库里找到对应了?"木元问。

"这个嘛……"玲子有些难以启齿,最终还是说出了一个人的名字。

片桐好不容易从精神创伤里走了出来,能发挥他作为刑警的能力了，却正好在这个节骨眼受到了停职处分，令他终日烦恼。

这时，有个男人过来搭话了。

"片桐先生……我是《东和日报》的铃木真司。"

自称铃木的人应该有四十多岁，一看就知道是个经验丰富的新闻记者。

"大老远跑过来真是麻烦您了，可是我这儿没有素材。想找杀人案的话，请去隔壁吧。"

现在片桐的手上只有诈骗老头老太的素材。

"比起这个……听说特别犯罪对策室正在停职中？说是大泽长官独断专行的调查方式终于让上级忍无可忍了……"

"怎么回事……"

"还是说……和那件事有关？"

"……那件事？"

"……警视厅的贪污受贿案。"

铃木问了不得了的大事。

片桐想找人商量商量这件事，但对策室里也就岩井似乎能和他说上话。他下定决心向岩井开了口，可岩井却似乎误会了什么，回应的态度十分奇妙。片桐正不知所措，山村和木元面无血色地回到了对策室。

看样子出大事了。片桐暂时放弃找岩井商量，跟在山村和木元两人后面。

木元和山村鼓起勇气来到绘里子桌前,却犹犹豫豫不知如何是好。终于,山村认了命,打破了沉默。

"那个……关于东京都内垃圾箱连环爆炸案……"

"怎么了?有人受伤了?"

"不……这倒不是。"

木元神情微妙。两人互相催促对方开口。

"得了,你们倒是说呀。虽然不知道是什么事,但我最讨厌支支吾吾了。"

"那我就不管不顾地说了?"

木元神情凝重地望着绘里子。

"作为连环爆炸案的重要当事人,请您接受我们的讯问。"

"哦,这样啊……"

木元这么一说,绘里子一时竟无言以对。

"诶!我!?"

"从现场爆炸物的残骸中……发现了老大的指纹。"

山村此言一出,旁边的片桐和岩井都变了脸色。

"这还真是……'有案子了'。"

花形瞠目结舌地喃喃道。

还没反应过来,绘里子就已经被当成重要当事人逮捕,接受调查。然而，绘里子始终缄默。

上级不在，留下来的下属们却正式调查起连环爆炸案。

"案件一发生在六月十一日。案件二发生在一周后。车站前广场里的垃圾箱中的炸弹在倒计时结束后爆炸，所幸只有垃圾着火，且被顺利扑灭。"

片桐总结着从木元和山村那儿听来的案发经过。

爆炸物是使用了过氧化苯甲酰的定时炸弹，恐怕是同一人所为，定时器上的手表碎片中发现了绘里子的指纹。

"犯人居然是那家伙啊……估计是这段时间郁愤太多，没处发泄吧？"

听说绘里子成了嫌疑人，野立来到对策室轻飘飘地如此说道。然后丢下一句"本人公务繁忙，后面就拜托了，拜拜"就迅速离开了。

"真是轻巧得……让人感动啊……"

花形目瞪口呆。指派绘里子当对策室老大的可是野立啊！

山村突然站起身来。

"好。木元和花形再去现场查一趟。岩井和片桐去审问嫌疑人。开工！"

山村模仿绘里子的语气，然而没有一个人行动。

"我就想说一回试试看……"山村傻笑着挠头。

"我和岩井以及山村先生去现场。木元和花形去调查老大。走吧。"

片桐"啪"的一下拍手招呼大家。他似乎更有说服力。

大家都麻利地开始行动,只有花形有些犹豫。

"……等一下啊……让我去审问老大?"

"加油!小心别被吃掉哦。"

为了说明炸弹成分而来参加会议的玲子微笑着威胁道。

片桐前往现场前,先去了野立的办公室。

他对贪污受贿之事放不下心。绘里子又出了这种事,于是决定不再绕圈子直接问野立。

"据说是伪造发票之类的,把多出来的公款送给官员玩乐。反正都是小报散布的谣言。"

野立完全没当一回事。

"比起这个……还有更有意思的事呢。"

野立从衣服口袋里抽出一张传单,上面写着:"第238届向盛夏突袭野立会",印着野立的照片。

"来玩吧。第238届纪念大会,这次可是相当认真。我最近很受欢迎……桃花期呢。"

"会有可爱的姑娘来吗?"片桐问。

"电梯小姐。"

"一定去!"片桐立马回答。

"真积极啊!"野立一脸信赖地看着片桐。

一离开野立的办公室,片桐的手机就响了。是《东和日报》的铃木。片桐去了对方指定的咖啡厅,给铃木的答复却很冷淡。

"你之前说的事,我一无所知。比起没什么交情的陌生人,我更相信自己人。就算你现在跟我说警视厅内部有人贪污,我也……"

"我一开始也这么想……"

这时,小野田出现了。

小野田坐到了铃木旁边。小野田说铃木是他的晚辈,可以信赖。

"我越调查越发现……不能简简单单地认为是谣言啊。所谓警察的直觉,只是现在手上还没有确凿证据,因此希望你也能参与调查。"

"小野田先生说您是最值得信赖的下属……"

被铃木这么一说,片桐非常疑惑。

"现任大山警视总监把廉政当成头等大事。半年前,预算运营部有两个人被调往下面的警察署,这事你也知道吧?有传言说这是上级有人担心贪污败露，才把那两个人调走的。上头有人在拼命掩盖贪污。我们打算把这个人揪出来。"

小野田拜托片桐参与这项绝密调查。

绘里子一脸不快地坐在审问室里。

花形坐在隔壁，透过单向玻璃镜观察着绘里子，心里充满不安。

"这是你的毕业考试。要是能让那个难缠的对手招供，你也算是能独当一面了。"

木元拍了拍花形的肩膀。

"是啊……等等，你这是什么口气！"

只差一岁的两个人在争夺主导权，却听到审问室里传来了可怕的声音：

"行了吧！还没好啊？我好歹也是当事人吧？赶紧给我好好调查啊！作为当事人，我会好好配合的！"

绘里子把脸凑近单向玻璃镜瞪着这一边，把花形吓破了胆。

"打扰了。今天天气真好啊，哈哈哈。请多关照哟。"

花形轻快地走进审问室，却被绘里子喝住：

"别在那给我犯傻。让犯人小瞧怎么办？"

说完又补充了一句：

"当然，我本来就不是犯人……"

花形整理好情绪，砰的一声把资料甩到桌上，大声喊道：

"可别小瞧我！你三天前在走廊上踢垃圾桶被人看到了！"

"所以呢？踢垃圾桶和这次的案子有什么关系？"

"啊……这个嘛……也就是说你讨厌垃圾箱吧……总、总之、干这种事情，你妈妈会哭的！"

"你联系我妈了？"

"没有，想象的。"

"想象？"

"至、至少爸爸会哭的，肯定！"

绘里子看着手足无措的花形，叹了口气。

"零分。听好了，所谓杀人犯，为了不招供会不择手段的。既不能光靠威胁，也不能光靠感情。要在完备的调查取证基础之上，观察对方的态度，然后看准时机出击。"

讲完课又加了一句。

"再说我又不是犯人！"

花形垂头丧气地回到隔壁，发现木元正在神情凝重地打电话。

又发生爆炸了。这次，一间大学教室被炸毁了。

木元一脸严肃地走进审问室。

"又发生爆炸案了。一人死亡，两人受伤。犯人的目的还不明确。没时间玩游戏了。炸弹计时器上发现了老大的指纹，这到底是怎么一回事？"

"抓住转瞬即逝的机会直捣核心……看来你已经对审问的节奏有所掌握了。"

绘里子满足地微笑了。

"请回答。"

"炸弹的成分是？"

"过氧化苯甲酰。"

本来面无表情的绘里子神情一动，这个变化没有逃过木元的眼睛。

绘里子深吸一口气，然后叹气般说：

"恐怕那个计时器……是用我送的钟做的。"

"送？给谁？"

"……男人。在现场发现的……可能就是那个人的东西，所以才会有我的指纹。"

绘里子讲述了那个男人的来历。

池上浩，墨田建设工业有限公司职员。工种是高架建筑工人，三十二岁。住址是杉并区高元寺 6-2-3-203。两人交往了五年多，因为捡到手机而相识。

"他知道老大是刑警吗？"

"没人会特意强调自己是警察然后和圈外人交往的。在坦白之前我就去美国了，到头来，直到现在也没告诉他。"

说到这份上，绘里子却相当肯定地说：

"但是……他和这个案子没关系。"

绘里子认为和这次的案件有关的人是池上浩的弟弟池上健吾。

五年前，池上健吾曾经被捕，罪名是违反易燃易爆物品管理条例以及伤害罪，使用过氧化苯甲酰制作炸弹，导致有人在爆炸中受伤。受伤的人是当时的法务大臣。

听到这儿，木元突然明白了。

"就是五年前那次恐怖袭击吗！"

野口大臣万幸之中只受了轻伤，但恐怖组织黑月公布的犯罪声明让整个日本都沸腾了。

"然而他本人否认自己与恐怖组织'黑月'有关。当时他还是东京大学的硕士生，一个朋友找他借了用来做化学实验的过氧化苯甲酰，他自然以为是做实验要用，二话不说就借给朋友了。万万没想到是用来做炸弹……然而没有任何证据能证明这件事，那朋友也是一问三不知。他因此被判了五年有期徒刑。没过多久，黑月的骨干被逮捕，组织解散了……"

"那个组织最近又复出了？"

"不清楚。不过，池上健吾上个月出狱了……"

"池上健吾是黑月的成员吗？"

"他本人强硬地否认了……"

没有找到任何确证证明他是成员之一，健吾在服刑五年后出狱了。

五年前黑月式的恐怖袭击再次登场，让人大吃一惊，但木元更震惊的是绘里子居然和嫌犯有关系。

"对于警察这一组织来说，和亲属有前科的人交往是大忌。老大的职业生涯受挫，难道就是因为这件事吗？"

对于这个问题，绘里子没有回答。

"……这事和查案有关吗？"

还应该有别的事问吧？绘里子催促木元。

"这次的爆炸案也是池上健吾干的？"木元接着问。

"按目前的情况来看，这是最有可能的……他出狱之后应该和哥哥住在一起，用哥哥的钟制造炸弹引发爆炸……"

"应该怎样调查呢？"木元不由自主地向绘里子请求指示。

"连这也不知道吗？找出嫌疑人池上健吾。并向哥哥浩听取情况……这事由我来干。"

绘里子霍地站起身来。

黑月是反政府恐怖组织,连名牌大学的大学生也加入其中,在当时引起了很大轰动。包括头目在内,所有的重要骨干都已被逮捕,目前还在服刑,组织也就被认为是自动解散了。但最近,警察内部有消息称,过去的成员正在集结。

根据岩井的调查,刚刚出狱的池上健吾于两周前就失去了踪迹。

第二天,池上浩前来接受调查。和平时的工作服不同,今天他穿着利落的衬衫。

木元、山村、花形以及岩井在审问室隔壁待命。野立、丹波和屋田也来了。

在紧张的氛围中,绘里子进了审问室。

"……好久不见。"

最近忙得没空见面,却以这种形式相会,这是两人都不曾想到的,总觉得很窘迫。

"你真的……是刑警啊……"

"对不起……我骗了你。"

"骗了我什么?没说你是刑警?还是说和我交往?"

绘里子感受到了浩心里的震动,却没有向私情屈服。

"今天……我作为一名刑警向你提问……"

浩静静地接受了绘里子的态度。

"我送给你的钟呢?"

"不见了。"

据浩说,是大约两周前不见的。就在那个时候,健吾也离开了。他没有带手机,也就联系不上他。

"弟弟离开前,看上去怎么样?"

"仇恨社会。弟弟是无辜的,却在五年前进了监狱,前途被毁,怀恨在心也是理所当然的。陷害自己的朋友,无作为的警察……我也……恨……警察。"

浩的语气很沉重。

"不过……有一件事我能肯定。他不会杀人。绝对不会。"

"……为什么?"

"他是……我的弟弟。"

浩的眼神没有动摇。

"你认为……我的弟弟会是凶手?"

绘里子一时语塞,却立刻重整旗鼓回答他:

"眼下我只能说,不论谁是真凶,我都一定会将他抓获。"

绘里子和浩相互对视,两人的眼神中都充满信念。

"……为什么没告诉我?难道说……突然去美国也是因为我弟弟?"

绘里子轻轻笑了笑，摇了摇头。

"弟弟被当成了恐怖组织成员，这对我来说简直就是个笑话。但如果你是为了刺探这个才和我交往的……饶了我吧，太残忍了。"

看着浩寂寞的笑容，绘里子什么也说不出口。

"如果弟弟联系我，我会立刻告诉你。"

像是为了摆脱不安，浩马上离开了。

川野和森跟在他后面。"行踪确认"——二十四小时跟踪。这是绘里子的命令。

木元看着绘里子不徇私情地严格执行任务，都无话可说。

得知恐怖组织黑月有可能复出，警视厅加强了警戒。破获悬案的表彰大会就这样到来了。

警视总监大山源藏从警视厅出发赶往会场。大山不喜欢大张旗鼓的警卫，因此只有少数精锐部队随他前往会场。大山坐上轿车，丹波和屋田坐车跟在后面，前后都有护卫车保护，轿车就这么出发了。

当天，负责指挥警卫的野立提前来到会场，和贴身警卫一起在大楼各处巡回，确认从入口到会场、从外到内所有可能的路线。

半路上，发现有一扇卷门关到一半突然停了下来。警官想把它降下来，它却一动不动。

"赶紧修好，快和技术人员联系。"野立下令。

没过多久，一辆印着"关东卷门修理服务"的车开到了会场后面的安检口。四个穿着连体工装的年轻男人走下车，所有人都把帽子压得很低，看不清脸。

看着像是领队的男人告诉警卫，他们是来修卷门的。经过安检之后，他们进了会场。

"修卷门的人来了。"警卫通过无线向野立汇报。

几个男人来到有问题的卷门前，检查卷门的情况后，和工作人员打了声招呼，进了机房。

此时，对策室正在从头彻底分析爆炸案。

只有片桐不在，据岩井说他是出去有点事。

第一件案子的炸弹在公园的垃圾箱里。第二件案子的炸弹在大街正中央的垃圾箱里。第三件案子在大学教室里。门被炸毁，一人身亡。

这三个案子的共同点是都使用了过氧化苯甲酰。但是，使用的剂量却各有不同。

"逐渐增多了……"木元说。

在爆炸中身亡的是清洁公司的临时工，因偶然待在案发现场附近而身亡，授课教授平安无事。教授名叫冈田尚实，是教英国文学的老师，目前没发现与黑月有关联。

也有可能不是黑月干的。然而，有传言说残党在重新集结，不可大意。

"这些是没有被捕的成员，好不容易才收集全了。"

岩井把成员照片一张张贴在白板上。

木元再次认真查看白板上三件爆炸案的照片。

"有点……奇怪啊。虽然没什么联系……却又似乎有什么特殊的含义……"

苦苦思索的木元突然想到了关键。

"等等……第二次的过氧化苯甲酰的用量正好是第一次的两倍……不实际引爆炸弹，就无法知道它的真正威力。也就是说，有可能是通过在相同的垃圾箱里引爆炸弹，来测量威力和准确度？"

在做试验吗？但是，第三次的爆炸地点不是垃圾桶，而是大学教室。

"在大学引爆炸弹是想测试场所的规模吧？演练一下如果下次引发同样规模的爆炸，大概会死多少人……没错！这一系列爆炸都是为了正式爆炸而做的彩排！"

木元提出了巧妙的推理。

那么，所谓的正式爆炸又是什么呢？对策室的成员抱着不祥的预感，凝视着桌上的"平成二十一年警视厅警视总监表彰大会"传单。

"等一下！五年前……当时的直接指挥官是……大山警视总监！"

花形打开电脑，找到了当年的信息。

比较世田谷大学 A4 教室和表彰大会会场的平面图，就能发现两者的形状和规模都几乎相同，连出口数量都差不多。

黑月的目标是出席表彰大会的警视总监。

然而为什么他们能提起知道大会的详情呢？

"警察内部有人向黑月告密！"

绘里子的话让对策室全员震惊了。

"花形，开车！岩井，调查今天的警卫！木元，联系各方！总监危在旦夕！"

绘里子迅速指示大家，赶往表彰大会现场。

此时，片桐正在咖啡厅与铃木碰头。本来小野田也会来，但他说好的两点已经过了很久，却不见小野田踪影。已经三点十五分了。打手机也一直是："您拨打的号码目前无人接听……"

有种不祥的预感。

小野田说过："明天……我要去见一个人。这样……应该就能知道全部真相了。"

铃木若有所思。

铃木所说的贪污问题的真相让片桐大吃一惊。

在大山成为警视总监之后，会计监察室开始严打贪污问题。负责周转非法资金的预算运营部被人盯上，不能再利用了。贪污腐败的高层需要一个新的部门来洗钱。

为了洗钱而设立新的部门，这个部门就是特别犯罪对策室。

"对策室是……为了洗钱而设的部门！"

片桐愕然失色。

对策室是由野立参事官设立的。那么，他对贪污问题又了解多少呢？

野立靠在表彰大会会场观众席前的墙上，注视着典礼开始。

"平成二十一年警视厅警示总监表彰大会正式开始。警视厅警示总监表彰书是为了感谢各位市民支持警视厅办案而设的奖状。现在，由警视总监代表警视厅发表典礼开场致辞。有请大山源藏警视总监。"

在沸腾的掌声中，大山站上讲坛。

大山以清晰冷静的口吻开始发言。这时，野立接到了绘里子的电话。

"赶快带总监撤离！黑月的目标是这座大厅！"

就在这时，伴随着巨大的爆炸声，会场猛烈摇晃起来。

观众席旁的大门冒起了烟。

哭喊声在会场里此起彼伏。与会者陷入恐慌，争先恐后往外逃。

贴身警卫们爬上讲坛保护大山。

"冷静下来，各位，冷静……确保安全！"

大山被警卫架住，却仍然冷静地号召来客和警官。

这时，另一个门也爆炸了。

野立急忙站上讲坛，将大山带往会场外。

贴身警卫指导陷入混乱的与会者撤离现场。然而，他们没有注意到之前来修理卷门的技工已经换下工装穿上西装，混在与会者当中。

野立对丹波和屋田说：

"没关系，我来给总监带路。"

通过之前检查过的秘密通道撤离，半路上却遇到了上锁的门。明明之前检查过很多遍的。野立决定改变前进路线，原定的路线上似乎埋伏了炸弹。

"把车开到前面去！是总监来了！"贴身警卫冲着无线电

大吼。

"不行！前面人山人海。把总监带到这边来！"

野立拦住贴身警卫，将总监带往背后的小路。

绘里子伴着大作的警笛赶往会场，途中收到了总监现下平安的汇报。松了口气的瞬间，绘里子突然注意到一件事。

会场入口大门和走廊两处发生了爆炸。第三处将会是……大学教室的炸弹也设在入口的大门处。

"是过氧化苯甲酰的炸弹……如果打算杀总监，为什么把炸弹设在门口而不是讲坛上？如果……这一切都是障眼法……如果他们的目的是让会场的警卫陷入混乱……"

和绘里子预想的一样，会场的警卫陷入了严重的混乱。大量与会者涌向广场，使警卫不得不赶往广场维持秩序。即便如此，人手还是远远不够，警官们叫苦不迭。

这一切都是因为有人说警视总监讨厌大张旗鼓，把当天的警卫人手削减了一半。

而下达这一命令的人，不是别人，正是野立。

野立带着大山来到地下停车场，让他坐上一辆涂成黑色的小车后座。

"发生了什么？"大山气喘吁吁地问。

"我们马上着手调查。"

野立示意司机开车。

"明白……老大。"

回答他的男人，是假扮卷门修理人员混进会场的人。

野立他们的车子从会场出发时，绘里子他们正好赶到会场。

擦身而过时，绘里子看到野立正坐在车里。

野立朝绘里子微微一笑，做了个以手指划过下巴的手势。

汽车以迅疾的速度开走了。

最后的　案件

"这里是大泽,紧急情况。请迅速尾随总监乘坐的三号车。总监有危险!"

绘里子冲无线对讲机喊道。

然后自己带着木元、山村和花形上车,跟在野立车后。

他一定是打算诱拐总监。

"连野立先生也……"木元担心地问。

正追踪逃逸车辆的不止绘里子和警车。在表彰大会现场外窥探情况的池上健吾已经先一步骑着摩托追了上去。然而,司机在半路上发现了他,朝他开枪,让他的摩托撞翻在地。

绘里子赶来救起了躺在地上一动不动的健吾。

车子已经失去了踪影,绘里子只好暂时放弃追捕。

总监被诱拐这一前所未闻的事件震惊了整个警视厅。

警视厅最大的房间成了本案的指挥中心,电脑和其他设备都被搬了过来,很多高管集中于此。丹波负责指挥。

"大山警视总监被诱拐了。主谋是反政府组织黑月,同行的野立参事官似乎也被诱拐了。"

丹波表情微妙地通报现状。

绘里子他们回到对策室,一筹莫展地陷入沉默。

这时,单独行动的片桐回来了。他和小野田约好会面,却发现小野田被人刺伤，濒临死亡，便把他送到了医院。

"被刺了四刀，陷入昏迷，危在旦夕……现在在医院，说是这两天情况不容乐观……"

"强化守卫，可能还有其他人被盯上。"

片桐听说表彰大会现场爆炸和总监诱拐案都和野立有关，便向绘里子解释了赃款和对策室之间的关联。

"这么说……是野立先生干的？"

"恐怕……是和野立先生勾结的黑月成员……小野田先生找到了贪污腐败的证据，因而遇刺。"

片桐回答了山村的疑问。听到这话，绘里子斥责道：

"不是野立先生，是野立！"

野立已经成了嫌疑人，不能加敬称。

"为了掩盖受贿？"花形问。

"野立先生也是黑月成员？"山村问。

"不是野立先生，是野立！"绘里子执着地强调。

"谁知道呢……或许只是在诱拐宣扬廉政的大山总监这件事上利害一致吧。"

就算到了这步田地，片桐仍一如既往地冷淡。

"难以置信……"木元的脸上一片阴云。

"搞什么……什么您辛苦了撒乌萨啊。"岩井赤裸地表现出不快。

"全都是骗人的吗……目前为止的一切!组建对策室把我们蒙在鼓里,其实是在贪污?"

花形的难过也暴露无遗。

面对超出想象的事态,众人都失去了冷静。必须让对策室全员镇定下来。绘里子让大家先进入隔壁的小房间。

众人在小房间里讨论了一下以后的打算,又重新回到主厅。

"我们必须得到一位上级的帮助,否则就搞不到司令部的信息。我已经叫屋田先生过来了。"

好巧不巧,屋田打开门走了进来。

"抱歉把您叫来,有些事只能在这儿说……"

绘里子把片桐搞到的贪污腐败资料拿给屋田看,并压低声音把事情经过从头到尾讲了一遍。

"也就是说,野立和贪污有关?"

屋田相当震惊。

"现在还没找到确证。不过,如果把现有的证据综合起来考虑的话……"

"在会场的机房里发现了技工的制服。黑月成员打扮成技工混入会场,而下命令叫来技工的人……正是野立先生。裁减当天警卫人数的也是野立先生……"

木元汇报说。

花形忍无可忍,猛拍桌子。

"我绝对饶不了他!居然把我们当傻瓜耍!"

虽然野立自己应该也在洗钱,但钱款恐怕存在了国外避税区的银行里,因此追查不到。

"这人真是岂有此理……也就是说,在谋杀总监这一点上,利害一致,所以野立就和黑月合作了吗……警官居然和恐怖分子联手?"

屋田皱着眉头听他们说完后,重整旗鼓向绘里子他们下达指示:

"总之……我们组成了总监绑架特别行动组,由丹波部长负责指挥,我则代表野立指挥你们。希望你们也能行动起来。"

绘里子痛快地听从了。

"明白了。请不要把野立和黑月联手的事泄露给绑架特别行动组,假装成他也被诱拐了。他打算扮演受害者,假装若无其事地回到警视厅吧。这样的话,不如假装被他骗了比较好。"

"如果他发现自己已经暴露,就会杀掉总监,和黑月一起逃亡。"片桐提醒道。

假装上了野立的当,再钻他的空子。屋田也同意绘里子的计划。

绘里子突然遥望远方，露出严厉的表情，像是提醒自己般说道：

"当年我和他曾经一起搜查过，是最铁的搭档。正因为如此……就更加不能容忍。拼上我的刑警生涯……也要逮捕野立。"

这时，司令室接到了黑月打来的电话。

"总监呢？总监没事吗？"丹波首先确认。

"嗯。还没杀呢。他可是位尊贵的客人。"

"野立参事官辅佐呢？"

"……他也没事。你是？"

"刑事部长丹波。你们有什么要求？"

"释放关在调布监狱的伊藤仁、小田切秀夫和肥后淳。你们有二十四小时。在明天三点之前把那三人放了。具体地点随后告知。"

"等等。总监平安的证据呢？"

"我们发了邮件。"

警察干事打开电脑确认，的确收到了一封邮件。点击邮件里的地址，出现了一张照片。照片被投映在司令室的大屏幕上。

在某个阴暗的仓库里，大山被绑在椅子上，旁边是野立。

"我们会不时地发邮件的。再见。"

电话断了。无法追踪来源。邮件由外国服务器转送，同样没有线索。丹波指示众人迅速解析邮件里的图像。

对策室还在继续收集黑月的信息。

片桐将三名骨干的照片并排摆在桌上。

"这三个人是创始黑月的最高层，因杀人、教唆杀人等罪名，两人被判死刑，一人被判无期。目前还在上诉中……"

"这三人的人格魅力现在仍有影响力。被粉碎的黑月一定是想要这三个人回到组织，让黑月复出。"岩井继续说。

"问题是……如果放了他们，让他们回到黑月……总监肯定会被杀。"

片桐的话让大家陷入沉默。

"根据现场汇报，施行诱拐的是这五个人。"

木元拿出五张照片，一张张解释。在五个面露凶光的男人里，有一个人看上去特别野蛮凶暴。

综合各种目击信息来看，主犯是高仓龙平，过去主要负责指挥武装斗争。据说他策划了黑月犯下的很多案件。然而，高仓没有被捕，目前依然在逃。

"此人冷静沉着，心思缜密，狡猾如蛇。"岩井说。

"这个高仓和野立先生联手了吗？"花形问。

"不是野立先生,是野立!"

一旦决定就会坚持到底,绘里子就是这种性格。这并不是单纯因野立的背叛而感到愤怒。

"实在不能容忍。"木元的声音因愤怒而颤抖。

"尽量拖延释放。"

绘里子说着,赶往小野田和池上健吾所在的军医院。

池上健吾在军医院受到二十四小时监视。他的肋骨断了两根,但意识清晰,可以交流。

健吾的枕边有一份写着"过氧化苯甲酰借用管理表"的A4文件,是他自己搜寻的证明自己五年前清白的证据。

"为什么出现在会场?"

"为了前田。"

"前田……那个说你找他借过氧化苯甲酰的朋友。"

"没错……"

"他也在会场?"

"不知道,只发现了和前田有关联的黑月成员,所以就追上去了。会场的骚乱也要怪到我头上?"

健吾一脸不信任。

"请告诉我前田的地址以及这些文件的含义。"

健吾却对绘里子背过脸去。

"我不相信警察。我会自己证明清白。"

"所以才会变成这样吧。"

"什么？就是因为信任警察才会在里面关了五年啊！"

像是在安慰鼓励焦躁的健吾，绘里子有力地说：

"五年前我没有参与调查，现在我参与了，完毕。外行请闭嘴。"

绘里子和木元离开健吾的病房，向小野田的病房走去。

"老大认为……池上健吾是清白的？"

"五年前我就这么想了。我也查了不少东西，但是，调查受到了重重阻碍，可能从那时起就有与黑月勾结的警察高层从中作梗……"

小野田仍在昏迷中。

木元翻看小野田的手账，却没发现什么引人注目的线索。

离开医院时，绘里子的手机响了。却是"来电号码无法显示"。

"大泽绘里子小姐？"传来一个男人的声音。

"由你负责交涉。"

"……你是高仓龙平。"绘里子立刻明白了。

"没错。释放准备得如何了？"

"不知道。"绘里子努力表现得毅然决然。

"怎么可能不知道呢……只有本事撒撒这种小谎，也就没什么可怕的了……"

"生来正直，撒不出谎。"

"真想看看你长什么样啊……"高仓笑着说。

"会让你看的，逮捕的时候让你看个够。"

"……有意思，我中意你。……然后呢？"

"释放需要得到法务大臣的许可，很花时间。二十四小时实在办不到。"

"这样的话……因为中意你，就送你个礼物吧。不是还有时间吗？慢慢享受吧。以及……代我向你旁边那个戴眼镜的问好。拜拜。"

电话断了。

"能查到号码吗？"木元问。

"恐怕不行……"

绘里子摇了摇头，然后陷入思考。高仓刚刚说了"旁边那个戴眼镜的"。高仓在监视我们的动向？

绘里子突然回过神来，赶紧回头赶向病房。

"小野田有危险！"

正在这时，片桐、岩井和花形与绘里子他们擦肩而过，来到医院。听说小野田有事，首先赶到医生那儿，却发现医生已经被电棍放倒了。三人感到大事不妙，开始分头搜查医院。

岩井到小野田的病房查看，发现一个身穿白衣的男人正用枪瞄准小野田。岩井立刻扑了上去，按住男人的手腕，打掉手枪。然而，男人却掏出一把匕首刺向岩井，逃了出去。

片桐赶来，追向逃跑的男人。花形惊慌失措地把倒在入口的岩井抱起身来。岩井的呼吸已经断断续续了。

"不成……一直以来……干了很多……荒唐事……抱歉啊……"

岩井无力地笑了。

"你、你在说什么啊！"

花形按照岩井的指示，从岩井的口袋里拿出一张纸片。

"虽然……我还……没实现我的梦想……太遗憾了……"

"别说话了！"

花形强忍着泪水打开叠起来的便笺纸，打算了解岩井的梦想。

真爱……野立

情人……片桐

外遇……花形

纸上写着这样的东西，还附上了肖像画。

"这、这是什么啊……"

"我的……天堂……"

花形正不知所措，绘里子和木元赶了过来。然而绘里子对躺在地上的岩井理都没理，直奔小野田而去。

"搞什么啊？只是擦伤而已吧！"

在木元冷静的吐槽下，岩井回过神来——以为自己被刀刺伤流了血，却不过是冷汗而已。

幸好小野田没事。片桐在床边弯下腰，紧紧握住小野田的手。

走廊上，绘里子的手机响了，又是"号码无法显示"。

"团队合作不错啊……"高仓说。

"你应该……是黑掉了医院的监视摄像头吧……通过那玩意观察我们的行动。木元只在走廊上和在小野田的病房里戴了眼镜。你一说'旁边那个戴眼镜的'，我就知道你盯上小野田了。"

"比起这个……我劝你抓紧时间比较好。"

高仓留下一句意味深长的话，挂断了电话。就在这时，在对策室待命的山村打来电话。

"老大！不得了了！东京地方变电所发现了疑似炸弹的不明物体！"

处理小组迅速赶往现场，却发现炸弹的类型前所未闻，一筹莫展。

绘里子他们急忙回到对策室。

炸弹的图纸送到了。炸弹体型巨大，和电线杆一般粗，高度到膝盖。

"这是……燃料空气炸弹！"玲子看到图纸，脸都绿了。

"美国和俄罗斯替代核武器持有的炸弹！威力巨大，替代了无法在实战中使用的核武器，在海湾战争中也用到过！"

听了木元的解释，绘里子也倒吸一口气。

"就算不采用铀这类特殊材料也能制造。比起炸弹，更接近大型武器。"

"倒计时还剩两小时！"花形激动地尖声说。

"他们的目的是……控制首都圈？"木元问。

"不，是制造恐慌，然后乘虚而入！"岩井急得面庞扭曲。

"全日本没有任何人曾经拆除过燃料空气炸弹。"

四处打电话请求帮助的片桐无奈地说。

无法拆除。这样的汇报震惊了整个司令室。

"疏散半径五公里以内的全部居民！"屋田向丹波提议。

"没辙了，连布莱特科技的户仓先生都说无法拆除……"

木元联系了国外的拆弹专家，也得到了否定的回答。

绘里子让岩井和花形组织变电所附近的疏散,让片桐继续寻找其他解决方案。对于拆弹,绘里子还有一张最后的王牌。

"恐怕只有一个人有可能拆除……"

连环爆炸犯野垣泰造。那是对策室起步时破获的第一起案件的犯人,绝对无法忘怀。

绘里子破例叫来了监狱里的野垣。

"有什么事?平胸女?"野垣嫌弃地说。

"明明是大胸。"绘里子不服输地挺了挺胸,又嘎巴嘎巴扭了扭脖子。

"肩膀好僵……"

野垣看着她冷冷地笑了笑。

"这就是……现场的炸弹。制造方法和结构恐怕没人比你更清楚了。"

野垣紧紧盯着绘里子,想要知道她真正的打算。

"你想求我帮忙?"

"拜托了。"

"你这人有没有自尊啊?"

野垣一脸惊呆了的表情,绘里子却是认真的。

"我被判了死刑,没有任何东西能拿来交换。"

野垣试探着说。

"关于制造炸弹，你是第一人。你一定能守护这份荣誉。"

野垣的眼睛发出光来，突然抢走了绘里子放在便签旁的自动铅笔，抵在绘里子手腕的动脉上。

"那你也守护着瞧瞧？以生命的代价守护你的尊严瞧瞧？"

面对凶狠地逼过来的野垣，绘里子毫不胆怯。

"你不会这样做的。即使杀人，你也只会靠炸弹，这是你的尊严。为了破案，就算是杀人犯我也会向他低头。这是我的尊严。"

野垣突然下了笔。咚！擦着绘里子的手腕刺了下去。

"好强的女人啊。哼！真想看你掉眼泪的模样。之前也被你骗过，虽然是死对头，但我佩服你。"

野垣满不在乎地笑了。

"我一直这么觉得，野垣先生一定是喜欢上我了……"

绘里子大言不惭地微笑道。

"还真说得出口。"野垣苦笑道。

"因为我们是同类啊。"

"这就有些意思了。虽然很想看你掉眼泪的模样，但也无所谓了。倒杯咖啡来，边喝边慢慢干吧。"

野垣一边研究炸弹图纸一边说。

"这么复杂的玩意儿居然真被他们做出来了。只要错一步,立马爆炸。"

野垣看着图说:"计时器伸出的那几根导线,把中间的和右边的剪断。"

木元在电话里转告山村。

"剪断计时器伸出的中间和右边的导线。"

为了防止出错,木元以坚定的口吻强调道。

"剪断计时器伸出的中间和右边的导线。"

山村确认道。

就在这时。"等等!"野垣大喊。

"好险——"野垣擦了把汗。

图纸拿倒了。

"是左边。"

野垣微微一笑。就连绘里子也直冒冷汗。

木元慌忙改口。"剪断左边!"

木元觉得野垣非常可疑。真的能相信他吗?

"然后把计时器那边剪断的导线全部串联起来。"

"好。再把炸弹那边剪断的导线也串联起来。"

绘里子紧盯野垣,连瞬间的表情也不放过。

"好,快了。现在应该能看到主体那边的盖子。盖子里就是引爆装置。打开盖子。里面应该有一条红色导线和一条蓝色导线。"

拆弹小组打开盖子。山村转告其中的结构。

"红线连着放炸弹的圆筒，蓝线连着旁边的黑箱子。"

"终于到最后了。只要剪断红色的导线……就成功了。"

"只要剪断红色的导线就成功了……"木元迫切地转达。

变电所的紧张氛围到达了最高点。

"请剪断红色的导线。"

"确定吗？"拆弹小组确认道。

计时器还剩一分钟。

拆弹小组正要剪断红线。

"等等！不是红，是蓝！"

绘里子大喊，拆弹小组停下了。

"红！"野垣怒吼。

"蓝！"绘里子毫不退后。

木元不知所措。

"赶快！"

看着绘里子的眼睛，木元下定决心。

"不是红色，是蓝色！"

"蓝色！"山村向拆弹小组转达。

还剩十秒。

正要剪断红线的钳子……移向蓝线。

还剩三秒——

计时器停下了。

"拆弹完毕!"山村激动地汇报。

绘里子浑身瘫软下来。

"……被我看穿了。"

绘里子胜利地望着目瞪口呆的野垣。

"如果打算在最后说谎……中途就会很不自然地假装认真,企图误导……我也会这招。对不起,因为咱们是同类啊……"

野垣懊恼地起身离开。

"只是想看你掉眼泪的模样而已啊。"

在门外的警官的招呼下,野垣走出房间。就在这时,绘里子真诚地向他低下了头。

"非常感谢。"

看着顺利完成任务的绘里子的动人的脸,野垣失望地喃喃道。

"真可爱。"

难缠的性格和绘里子一样。

紧接着，绘里子就接到了高仓的电话。

"说实话，真没想到警察能成功拆除……"

"如果失败，你觉得会死多少人？"

"这个嘛，革命总是要流血的。没有危机意识，只知道庸碌而活的家伙不管放在哪个时代都只有死路一条。"

绘里子感到高仓在逞强，就稍微挑衅了一下。

"说得还真好听，但你不也只是个跑腿的吗？"

"……什么？"

"……黑月的真实目的是？"

"释放骨干。"

"实际目标是？"

"如此而已。"

"那个炸弹……如果是你做的，还真是手巧啊。"

"还行吧。"

"神经质？"

"你想问出点什么？侧写吗？"

就算表扬他也不上钩，绘里子只好转变话题。

"明白了。那咱们就来谈判吧。我们这边准备释放骨干。你们那边呢？准备好释放总监和野立参事官辅佐了么？"

经过谈判，高仓会在黑月成员被释放时告诉他们交换人质的地点。三人一坐上车，绘里子就会得到指示。

绘里子负责开车。黑月成员会在交换地点半径三公里内蹲守，只要发现警察就取消交换人质。这是高仓提出的条件。

"太危险了吧。如果他们当场开枪怎么办？"

屋田说服不情愿的丹波。

"不……那些家伙不会让我们眼睁睁看着他们击毙人质的。如果他们真那么做，我们也会开枪，对他们没有任何好处。"

高仓他们的据点在某条河边的小屋里。

高仓走进囚禁大山的房间，野立站在一旁。高仓递给大山一罐咖啡。

"不杀我吗？"大山始终保持着平静的语气。

"……谁知道呢？"

"自命不凡的年轻人自古有之……但最近也太多了点。你们所说的蝼蚁般的市民反倒比你们聪明多了。连这种事都不明白的傻瓜怎么可能改变这个国家呢。"

就算被绑住，大山也没有失去警视总监的威严。

高仓勃然大怒，连发数枪以示威慑。

"真可怜啊。真正的蠢货到死也不悔改。"

这次，枪口对准了大山的额头。

"等等。"野立说。

"交给我吧。"

为了明天的人质释放，对策室正在熬夜修改计划。

"既然要从调布监狱出发，交换地点就很有限了。"

片桐预测道。

"不……交换地点恐怕不会太近。"绘里子说。

"那就更危险喽……"岩井担心地说。

"那可是些连燃料空气炸弹都做得出来的家伙啊。如果就那么去了，真不知道会遇上些什么……"山村缩了缩脖子。

"没事的。有他们的高层一起，车也是警车，至少到交换地点前不会有事。"

绘里子强硬的态度毫无改变。

"配合野立演戏……在总监被杀前把他救出来，杀掉敌人。只能放手一搏了。我和木元……以及……屋田先生负责谈判，可以吗？"

"明白了。"屋田表情微妙地点了点头。

"请大家跟上。拜托了。"

"是！"对策室全员一起点头。

明天就是决战了。片桐、山村、花形和岩井心神不宁地来到走廊。

"好紧张啊……"岩井喃喃道。

"是啊……没事吧……木元小姐……"

山村对担心的花形勉强一笑。

"没事的。咱们可是刑警……"

"……我们一定会保护好老大和木元！"

片桐说，三个人使劲点头。

绘里子和木元去医院探望健吾。绘里子独自进入病房，将木元留在走廊。

"你的朋友果然和黑月有关系。"

健吾一言不发地望着绘里子。

"我会抓住他的。"绘里子鼓励道。

木元正等在走廊上，浩来了。

录口供那天木元就很在意绘里子和浩之间的事，便不假思索地向浩搭话。

"健吾的清白？"

"嗯……老大比谁都深信他是清白的。只不过老大就是那种人，不可能随便说出口的。对池上先生也一定……"

浩微笑了。

"这我当然明白。虽然常年异地……但好歹也交往了五年。

我明白的。"

浩也理解绘里子被调往纽约的原因。

就在这时,绘里子从病房里出来了。

健吾瞄准时机逃跑了。

"搞什么啊!"屋田抓狂了。

"恐怕……是打算去追踪黑月。"

"黑月……会影响明天的谈判吗?"

"我和他说了谈判的事……"

"居然说了!?"

"一不小心就……"

"蠢货……"

"抱歉……"

绘里子乖乖低下了头。

"他不是和黑月有仇吗?万一他做个炸弹跑到谈判现场去怎么办!"

"对策室成员无论如何都会把他找出来抓住的。他只会开摩托车,应该能找到。"

屋田咂了咂嘴。

"绝对不能让他干扰谈判。事关总监的生命。"

木元去科学搜查研究所拜托玲子准备明天调查必要的东西。

"是吗？谈判现场……"

"是的……"

听说木元被指派了危险的任务，作为过去的上级，玲子是有些担心的。然而，看着木元毅然决然的脸，玲子竭尽全力乐观地说。

"明白了。交给我吧。加油哦。作为科学搜查研究所的一员，我会尽最大的努力。毕竟这可是来自刑警小姐的委托啊。"

这段时间，木元开始抬头挺胸直视别人的眼睛了，也不咬指甲了。玲子觉得这样的木元前途无量。

绘里子他们在枪械库领到了手枪。大家各自怀揣着决心，感到了冰凉的手枪的分量。

天亮了。

绘里子自己开一辆车，另一辆坐着木元和屋田，还有一辆车上则是片桐、山村、花形和岩井。他们一同前往调布监狱。

黑月高层伊藤仁等三人从大门走了出来，一脸昂然自得。

伊藤目中无人地让绘里子替他开门。

"你不是司机吗？"

绘里子强忍怒火开了门，趁他们还没上车时说。

"把手脚都给我放放好。否则……会受伤哟。"

然后粗暴地关上了门。

绘里子刚要坐上驾驶座,就收到了高仓的无线电。

"西多摩第三仓库旧址。不过……和事先说好的一样,谁都不准进入半径三公里以内。我们这边有人把守。只要发现有人进来,就立刻射杀总监。明白了吗?"

"想得还真是周全啊。其实……你吓得要死吧?"

绘里子挑衅道。

"想惹毛我也没用。"

高仓轻描淡写地挂断了无线电。

绘里子的车后跟着三十辆警车和一百名警官。

"在半径三公里处布下警戒线。按照他们的要求来。平安救出总监是头等大事。接下来就看对策室那帮人的了。"

丹波下了指示。过去总把对策室不当回事,但这次除了指望他们以外别无他法。

绘里子载着高层向前飞驰,车窗外的景色渐渐变得绿意盎然。没过多久,就看到前面有一片巨大的仓库旧址。绘里子停下车,和木元一起带着三个高层走进仓库。

"高仓!"

听到绘里子的大喊,高仓拿着枪从他们背后走来。

"高仓龙平……最后问你一次。为什么要这么做?"

面对绘里子的质问,高仓只是轻轻笑了笑。

"为了摧毁腐坏的日本……这么荒唐的国家却连一起暴乱都没有,全世界也就只剩下日本了。这个国家的人啊,不扇他一巴掌是醒不了的。我们会改变这个国家的……"

"为此无论牺牲谁都在所不惜吗?"

"革命必将带来牺牲。炮灰就算死了也是无可奈何的事。"

"的确……你的说法也许有一定道理。而你……却不是炮灰呢。"

挑拨着高仓的自我意识,绘里子微微一笑。

"简直就是对炮灰的玷污。"

"……什么?"

"连炮灰都当不成,只不过是个缺乏想象力的无耻罪犯……"

"看来我们观点不同。太遗憾了……大泽绘里子。"

两人相互对视。

在高仓的指示下,大山和野立被带了上来。四个部下手握来复枪。

人质被同时释放,向各自的阵营走去。

只见高仓扬起手,意味深长地笑了。

"太奇怪了……那个男人……他说'我要改变这个国家'……一般情况下，从属于某个组织的人不会说'我'，而会用'我们'这个说法。而且还是在高层面前……高仓的目的……不是让高层获释。"

绘里子刚要行动，然而已经迟了。高仓举起枪，对着朝自己走来的高层们开了枪。同时，野立开枪打中了总监。

大山当场倒下。绘里子和屋田奔上前去架住他。

野立立刻逃走了。

"木元，追！"

绘里子发话，木元向野立追去。

"你们这些人都太蠢了。黑月……由我来继承！"

高仓低头看了看三个倒下的高层，扔下一句话，又补了几枪，然后带着部下走出了仓库。

"总监快没脉搏了！"绘里子向屋田汇报并叫了救护车。

"我去追野立。"屋田把总监交给绘里子，奔出仓库。

高仓向打算用来逃跑的车奔去，却看到有辆摩托车从车旁飞奔而去，遮住整张脸的头盔和卡其色的夹克似曾相识。高仓得到消息说池上健吾还活着，怀疑健吾对车做了手脚，就抢了绘里子他们的车逃走了。

高仓以飞快的速度突破重重阻碍。无数巡逻车在后面追赶,但高仓还是突破了警察的罗网。

木元在工厂里追赶野立。野立开枪反击,木元也报以回应。屋田藏在后面观察形势,绘里子和他会合。

野立逃出了仓库。绘里子他们穷追不舍。

砰!

野立在仓库暗处开枪。

绘里子躲进了另一侧的暗处。

"出来吧……野立。拜托了……"

绘里子祈祷般闭上眼睛,一滴泪水流到脸颊上。然而,睁开眼时,绘里子决意已定。

绘里子大摇大摆地走到大路上。

"野立!"

听到绘里子的喊声,野立终于现了身。

两人面对面。

然后同时开枪了。

绘里子略胜一筹。

野立看了看自己的左胸。胸口渗出血来。

绘里子毫不犹豫地补了一枪。野立的右手被打中,枪掉在了地上。

野立跟跟跄跄地朝天望了一眼，发出一声痛苦的呻吟，向前倒去。

绘里子和屋田跑向野立。地面被染得血红。

绘里子把了把野立的脉搏，对担心地凑过来的屋田做了个悲伤的表情，然后轻轻合上了野立的眼睛。

"他真的……贪污了？"屋田问。

"事到如今……无论真相如何……都已经……"

绘里子一脸唏嘘地带着木元离开了。

留下屋田一人，对着脸朝下倒下的野立双手合十。

"以为杀了总监就能保命……吗？真是悲哀的结局啊……"

屋田奸笑着从里面的口袋里拿出手帕，把包在里面的优盘轻轻滑进野立的西装口袋里。

"屋田先生，你刚刚在干什么？"

屋田被转身回来的绘里子吓了一跳。

"难道是……瑞士银行的储蓄卡号？用来洗钱的……"

"你……你们都在说什么啊？"

"刚刚放到野立的口袋里去了吧？我在后面都看到了。或者说……他本人也看到了。野立先生，可以了。"

野立忽然睁开眼睛。

"啊……这出戏还真长啊……"

野立慢慢站起身来。然后冲屋田微微一笑,从口袋里拿出优盘。

"这个……就是不可动摇的证据了吧……"

而木元正手握摄像头站在远处。

"好,非常清晰。拍得很成功!"

"……怎……怎么会……"

屋田发现自己浑身颤抖。

"啊,这个?是这样的。"

野立脱掉西装,露出拍电影时用到的防弹衣。

"我拜托科学搜查研究所做的!还有机关哦!"

木元拿出遥控器按下按钮,野立的手腕和腹部砰地响起了枪声,夸张地爆出血花。

"然后这个是……空枪。"

绘里子拿出手枪,对着屋田的脚边打了一发。

"一开始……我就知道了。在会场擦身而过时野立的暗号……"

"那是……搭档时期的暗号。'糟糕了'的意思。"

野立把手划过下巴。

"而且他在笑。那就说明相当糟糕了。然后我从片桐那儿听来了贪污腐败的事。"

"我的办公室受到那么严重的窃听，怎么可能发现不了呢。于是我就给了他这张传单，没发出任何声音。"

野立会的传单上潦草地写着"这事别和任何人说，我也在调查"。片桐发现后暗示绘里子，绘里子就把大家叫去隔壁房间指示往后的计划。

另外，木元搜查了野立的办公室和对策室，找出了窃听器。

"也就说明必然有黑幕。能在野立的办公室和对策室安窃听器的人，只有你。"

绘里子目不转睛地盯着屋田。

"我也调查过了，发现黑幕就在警察内部，却没有确凿证据，也找不到和黑月有勾结的证据。但是，如果罪魁祸首是你，那么你下一个目标就是总监。所以才在当天削减了你安排的警官，以防万一。然而……却发生了意料之外的事，所以才向绘里子打了个谁都看不出的暗号。"

"于是我就想，不然就演一出戏让大家认为野立是犯人吧。这么一来，你自然会偷偷联系高仓，让他暂时利用一下野立……"

"全部都是在演戏吗……"屋田打了个趔趄。

"当然了。因为遭到了窃听，屋田先生不在的时候我们也在认真演戏。大家可上心了。"木元笑眯眯地回答。

"另外，我们拼命想找到贪污腐败的确凿证据，却怎么也找不到。但如果野立死了，你总该会露出点狐狸尾巴吧？"

绘里子说。按照绘里子的计划，木元追上逃跑的野立给他子弹，请他帮忙演这出戏。

"真伤脑筋啊。突然说让我演戏也……不过嘛，像我这么随机应变的人当然没问题啦。喔唷好危险啊这个。"

野立捡起落在地上的手枪。这下，屋田连反击的机会都没有了。

"……总……总监不是中枪了吗……"

目瞪口呆的屋田一时还搞不清状况。

"确实是中枪了。"

总监蹦蹦跳跳地从对面走了过来。

"哎呀，真开心啊。装死真好玩儿。"

"……总监要我无论如何都要查清贪污腐败的内幕。因此他冒着生命危险，明知自己是目标还是出现在了会场。他们本打算在交换人质时杀死总监……我就假装求他们饶命，代价是让我把总监杀给他们看。可能是因为我的服从而感觉良好，高仓给了我一把只有一发子弹的枪。"

"原来如此……那个真厉害。虽然一到总监旁边我就发觉了。"

总监胸前口袋里装了一个装饰着粉色水钻的金属名片夹,子弹打到了正中心。

"这可是我可爱的雷拉给我的名片夹,就这么毁了。啊……啊……"

野立悲叹道。

"虽然我很信任罗宾汉先生的枪法,却也深刻体会到了把苹果顶在头上的人的心情啊。"

大山阳光地笑了,这个动作却让他疼得捂住了胸口。

"小心点,总监。断了一两根肋骨也是有可能的。"

绘里子担心地扶住大山,大山却甩开她的手笑了起来。

"骗你们的。"

这也是大山的演技。

这些人都是怎么搞的啊。已经分不清哪里是真哪里是假了。屋田莫名其妙地瞪圆了眼睛傻站在一边,大山则对他严厉地说。

"警察是守卫市民生命安全的盾牌。这样的人居然为一己私利与卑鄙的恐怖组织联手……你就等着……接受严厉处罚吧。"

木元为屋田戴上手铐。

绘里子重新向大山问好。

"好久不见……"

"你也越来越……有出息了啊……"

大山微笑道。

"所谓是刑警就是要会演戏……当我还是个新兵蛋子的时候,是总监教会了我这个道理。"

"嗯,没想到居然连诈骗犯都上当了。你的演技太完美了……"

大山说着想了想,又转而对野立和木元说道。

"你们也是。辛苦了!"

"高仓呢?"

屋田本指望至少高仓逃过一劫,但此时高仓已经在片桐、岩井、山村和花形的包围下被捕了。高仓中途把车换成了巡逻车,却不想山村藏在了后备厢里。在山村的便携定位系统的带领下,岩井和花形紧追在后。

一开始的骑摩托的池上是花形假扮的。也就是说,一切从一开始就全部安排好了。

绘里子在警视厅恭候高仓。

"和我想的一样。你肯定提前做好了逃亡的准备,因为你疑心很重,只相信自己,这反而成了你的弱点。"

高仓毫不羞愧地望着绘里子。

"你是想……让这个国家变得更好吧?"

"当然。"绘里子严肃地回答。

"我也一样。"

高仓说着,微微一笑。

"再见了。肯定会再见的,在不久的将来。"

高仓留下这么一句话,就被送上了押运车。

史无前例的大案就这样得到了解决。

媒体为了这难得一见的新闻素材蜂拥而至。

"我们会吸取这次空前严重的贪污腐败的教训,坚持贯彻清正廉洁,改革人事,以崭新的体制应对恶性案件的发生。"

丹波满头大汗地应对媒体的采访。

对策室也起了风波。绘里子要去美国了。

"为了不让对策室解散,我要负全责……似乎是这样说的。"

木元垂头丧气。

"解散?责任?"花形一时跟不上事态发展。

"虽然和我们没啥关系,但对策室确实是被用来洗钱了。"岩井懊恼地说。

"这难道不是屋田的专断吗!"花形也无法接受。

"好了好了。就算如此,也总得有个人站出来负责……这就是组织啊。"山村一脸听天由命。

绘里子为了下属牺牲了自己。

"太要面子了……"

木元咬着牙，恨自己无能为力。

留下来的木元他们只能继承绘里子的意志，将绘里子所重视的独特个性灵活运用，继续调查。特别是木元，她和绘里子越来越像，甚至得到了玲子的认可。

去美国前，绘里子还有一件事必须解决。

关于池上健吾。健吾康复出院后和绘里子在咖啡厅见了一面。

"抱歉让你转院了。不过，没有你的帮助我们就抓不住他。"

对屋田谎称健吾逃走也是计划的一部分。道谢之后，绘里子递给健吾一张名片。

"它能帮你证明清白。这位辩护律师和我很像，正义感强，很有才干，是冤案的权威。这位律师会帮你挽回五年前的冤案的名誉和补偿。"

名片上写着"间宫贵子"。

"该道谢的是我。多亏了您。"

健吾也看到了开始崭新人生的希望。

"不，多亏了警察。"

绘里子更正道。一个人是无法完成搜查的，这样的成就只有团队才能达到，绘里子的想法绝对不会动摇。尤其是这次，有了优秀的团队才能让计划成功。绘里子为此非常自豪。

告别健吾独自离开，绘里子接到了浩的电话。

"谢谢你……帮忙证明弟弟的清白。"

"应该的。比起这个，我才要道谢。多亏了你弟弟假装逃走虚张声势，我们才能逮捕黑月……"

"你打算就这么默不作声地走掉吗。"浩慎重地问。

"看到我……你会哭吗？"绘里子逗了他一下。

"这次……要多少年？"

"不知道。但这次……你不用再等我了。"

"是吗。加油哦。"

"谢谢。你也加油。拜拜。"

绘里子努力假装满不在乎地说，挂了电话。

几天后，绘里子终于要出发去美国了。考虑到绘里子的个性，对策室众人没有去送行。

"真的走了啊。"

看着绘里子的空位，花形眼睛湿了。

"啊！啊！怎么就……这么没劲啊……"

岩井凝视着绘里子的照片，突然觉得和别的男人相比，绘里子反而是最男人的人。

"感觉好寂寞啊……"

山村一面感受着拂过头顶的微风一面说。

"老大的存在感实在太强了。"

花形回想起往事，不由得笑出声来。

"不过，总觉得她很快就会回来的。"

片桐一如既往地冷冷地说。虽然经受了野立联谊会的历练，笨拙得无法直接表达感情这一点还是改不了。

听了片桐的话，木元出神地凝视着对策室的大门。

"然后站在那扇门前说：'有案子了。'"

实际上，团队的各位没过多久就又听到了"那个声音"。不过，那就是另一个故事了。